the/more
더 서울

1

the/more

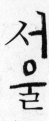

2000년대 최고의 소설과 함께 떠나는
서울 이야기 사전

김민채 지음

북노마드

차례

들어가며 _6

6

경기도 안양에서 태어난 나는 스무 살이 될 때까지 경기도에서 자랐다. 서울은 늘 미지의 땅이었다. 알지 못하는 공간과 시간, 그리고 사람들. 그것은 차라리 이국異國에 가까웠다. 나는 어렸고, 서울에 갈 만한 이유도 능력도 없었다. 오래된 수도, 화려한 도시. 상상 속의 서울은 나와 함께 커갔다. 서울은 멀리 있었지만, 너무나도 가까이에 있었다.

서울에 있는 학교에 다니게 된 나는 여전히 겁 많고 소심한 소녀였다. 미지의 땅에 발을 디디고서 나는, 두려웠다. 행여 길을 잃진 않을까, 모르는 사람들과 얽히진 않을까 조심했고, 낯선 길을 피해 다니던

길로만 걸었다. 서울에게 말 한마디 못 붙이며 주변을 맴돌았다. 서울은 가까이에 있었지만, 너무나도 멀리 있었다.

이후 한 달간의 유럽 여행, 또 한 달간의 중국 여행을 겪으며, 나는 자랐다. 아니 달라졌다. 모르는 버스에 오르는 것을 즐겼고, 자주 모르는 길을 헤맸다. 낯선 길 위에서 지도를 펼쳐들었고, 모르는 사람에게 말을 건넸다. 돌아온 나에게 서울은 예전과는 온전히 다른 땅이었다. 갈망했다. 누구보다 서로를 잘 아는 좋은 친구가 되기를. 나는 걷기 시작했다.

녀석이 낮은 곳에 있을 때면, 무릎을 꿇어 눈높이를 맞췄다. 녀석이 숨죽이면, 말없이 걸었다. 아름다운 모습을 아름답다 말해주었고, 고쳤으면 하는 점도 솔직하게 이야기해주었다. 녀석의 더 많은 모습을 보기 위해 다양한 곳을 가리지 않고 걸어보려 노력했다. 더 자세히 보기 위해 천천히 걸었고, 더 가까이 가기 위해 오래 걸었다.

예쁜 카페와 쇼핑거리, 문화생활의 이름을 빌린 화려한 서울은 누구에게나 매혹적인 존재다. 하지만 나는 오래된 일기장을 바꿔보듯, 녀석의 깊은 이야기를, 낡은 이야기를 알고 싶었다.

친한 친구를 얻었다. 나는 녀석을 안다. 오래된 친구와 놀이터에
앉아 몇 시간이고 이야기를 나눌 수 있듯, 돈 없이도 녀석과 하루 종일
노는 방법도 터득했다. 추억도 제법 쌓였다. 값비싼 문화 활동은 없어
도 그만이다. 우리에겐 이야기가 있다.

서울과 친해지고 싶은 누군가를 위해 추억을 꺼내 보인다. 두려워
말았으면 좋겠고, 멀게 느끼지 않았으면 좋겠다. 한 걸음씩 가까이 가면
된다. 말을 건네면 된다. 어느 날엔가 당신도 '이야기'만으로 녀석과 하
루를 보낼 수 있는 좋은 친구가 되어 있을 테다. 그저 함께 걸으면 된다.

---

* 이 책에 인용된 문학 작품은 '평론가 68명이 꼽은 2000년대 최고의 작품과 작가'(한겨레21) 를 기준으로
  삼았습니다.

1. 소설집
• **김연수** 나는 유령작가입니다   • **박완서** 친절한 복희씨   • **김 훈** 강산무진
• **윤대녕** 제비를 기르다   • **편혜영** 아오이가든

2. 중·단편 소설
• **김연수** 다시 한 달을 가서 설산을 넘으면 | 달로 간 코미디언 | 세계의 끝 여자친구 | 뿌넝쉬
• **김애란** 달려라 아비 | 칼자국 | 침이 고인다

● 이야기 사전의 표제어 선정 기준 – 1음절의 단어, 외국어나 의성어를 포함, 준말 허용

● 서울을 위한 이야기사전 읽는 법

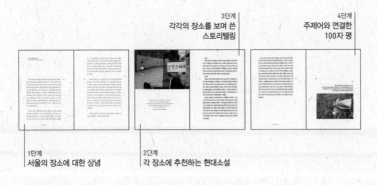

3단계
각각의 장소를 보며 쓴
스토리텔링

4단계
주제어와 연결한
100자 평

1단계
서울의 장소에 대한 상념

2단계
각 장소에 추천하는 현대소설

서울 바람 친해지기 :

종로구 이화동
결

✛

결 1 : 겨를, 사이

저녁 무렵이면 부엌에서 풍겨오던 따듯한 밥 냄새를 기억한다. 14
밥솥 뚜껑을 여는 순간 뿜어져나오던 열기, 뜨겁지도 않은지 가족
들의 밥을 척척 퍼내던 엄마의 다부진 손길. 아련하고도 따듯한
기억의 냄새가 이화동에 있다. 대학로의 소란스러움을 등지고 낙
산공원을 향해 길을 오른다. 낮고도 높은 사람의 마을. 오랜 시간
종로를 지켜왔을 골목들이 거기에 있다. '이화정'이라는 정자 이름
에서 따온 이름의 '이화동'은 그저 어느 곳에나 있는 사람의 마을
이다. 이화동을 가득 채운 건 누군가의 집. 누군가는 그 집에서
꿈을 꾸고, 첫사랑 소년에게 편지를 쓰고, 아버지께 꾸중을 듣고,
음악에 맞춰 흥겹게 몸을 흔들어보기도 하고, 그렇게 잠이 들고
다시 아침을 맞는다.

이화동 골목은 화분에서 날아오는 흙내음, 아이들이 쏟아내
는 이야기 소리만으로도 가득 찰 만큼 낮고 좁다. 사진, 블로그 문
화가 점점 발달되고, TV 유명 프로그램에 이화동이 소개되면서
낮은 집과 좁은 골목으로 감당하기 벅찬 소란스러움이 몰려들었

다. 나 역시 이화동을 이야기하고 있지만, 이화동을 찾는 사람들에게 감히 말하고 싶다. 사람의 마을에서 함부로 큰소리를 지르지 말아달라고. 누군가의 집 앞에 함부로 쓰레기를 두고 가지 말아달라고. 작고 조용한 이화동의 골목, 사람의 냄새가 풍겨오는 따뜻한 골목을 느끼기엔 혼자로 충분하다. 이화동의 온기와 속도에 맞추어, 조용히, 천천히 거닐어보는 것만으로도 나는 이미 이화동과 닮아 있다.

15   아무런 목적도 없이 그저 발길이 이끄는 대로 천천히 이화동을 걷는다. 바닥 한편에 푸릇푸릇한 이끼, 하늘을 향해 연결된 높은 계단, 누군가의 손끝에서 완성된 벽화와 낙서들까지 마음에 담다보면 이화동의 해는 저물어간다. 파란 하늘과 맞닿아 있던 이화동이 뉘엿뉘엿 저녁 그늘 속으로 저물어갈 때면 어느 바람결엔가 따듯한 냄새가 실려온다. 엄마의 손끝에서 전해오던, 김이 모락모락 피어나는 따뜻한 밥 한 공기. 그 밥에서 풍겨오던 밥 냄새가 이화동의 골목을 가득 채운다. 이화동에 가족이 있고, 친구들과 선생님…… 그 모두가 있다. 사람이 살고 있고, 저녁 무렵이면 도란도란 식탁에 모여 앉는다. 사람의 마을인 이화동은 그래서인지 딱 눈높이만큼의 낮은 집과 보폭만큼의 골목만으로 오랫동안 그곳을 지켜왔다.

바람결에 실려오는 온기 탓에 조금은 외로워져, 집으로 가는 걸음을 재촉한다. 그렇게 이화동을 떠난다.

무슨 일인가 일어나고, 그 순간 우리가 예전의 자신으로
되돌아갈 수 없게 된다는 점에서 인생은 신비롭다.
그런 탓에 우리는 살아가면서 몇 번이나 다른 삶 속으로 빠져들게 된다.
(중략) 우리의 삶이 하나의 이야기로 이어지지 못한다면
우리는 결국 미쳐버렸을 것이다.

— 김연수 「네가 누구든 얼마나 외롭든」 중에서

설린아.

여자는 깜짝 놀라 옆에 놓여 있던 물컵을 쳐버렸어. 자신의 이름을 부른 것에 놀란 건 아니었어. 여자는 자신의 이름을 부른 목소리가 남자의 목소리라는 데 놀랐어. 2년 전에 듣곤 단 한 번도 들어본 적이 없던 그 목소리. 2년 동안 무척이나 그리워했던 그 울림. 딱 그만큼의 음색과 그만큼의 진동. 컵에 담겨 있던 물은 탁자 위에 함께 두었던 신문지를 적셨어. 밝은 회색의 신문지는 검게 물들어갔어.

설린아.

남자는 여자의 이름을 불렀어. 닮은 뒷모습이라고 생각했는데 그건 여자일 수밖에 없는 느낌이었어. 저기? 유설린? 설린아? 어떻게 여자의 이름을 부를까 고민스러웠지만 남자는 2년 전 습관처럼 설린아, 하고 여자의 이름을 불러버렸어. 남자는 자신의 목소리가 반가웠어. 2년 전에 불러보곤 더 이상 불러본 적이 없는 그 이름을 부를 때, 그 울림이 반가웠어. 여자는 뒤를 돌아보지 않았어. 여자의 옆에 있던 신문지가 물기를 머금고 주글주글해지기 시작했어.

여자는 고민했어. 지난 2년간 몹시도 그리워했던 그 남자가, 그 목소리가 자신의 이름을 부르니 혼란스러웠어. 어쩐지 뒤를 돌아 남자의 얼굴을 확인하고 싶었지만, 참았어. 그의 얼굴을 마주하면 지난 2년의 시간이 미안할 만큼 아무렇지 않게 웃어 보일까봐, 얼굴이 붉어져 눈물을 흘릴까봐. 그녀는 뒤를 돌아보지 않았어. 목소리만 비슷할 뿐 남자가 아닐지도 모르는 일이었어. 탁자 위에 흥건한 물기를 휴지로 닦아내며 내심 그녀는 남자가 자신에게 다가와 한 번만 더 설린아, 하고 불러주길 바랐어. 여자는 자신이 스크랩하려고 놓아둔 신문이 젖어버려 속이 상했어.

남자는 여자의 얼굴을 보려고 집중했어. 하지만 여자는 계속 뒷모습만 보인 채 휴지로 신문지의 물기를 빨아들였어. 그 여자는 설린이가 아닌지도 몰랐어. 애초에 닮은 뒷모습이라 생각했던 거니까, 그녀가 일부러 뒤를 돌아보지 않는 거라고 할 수도 없었어. 설린아, 하고 한 번 더 이름을 부르려다가 멈칫, 그녀가 닦고 있는 신문을 보았어. 눈에 익은 신문이었어. 오늘 아침까지도 자신이 몇 번이고 확인했던 그 신문이었어. 일주일마다 일간지에 연재하던 국내 여행 기사였어. 남자가 찍었던 사진, 남자가 썼던 글이 양면 가득 차 있었지. 남자는 여자의 이름을 불러선 안 된다고 생각했지. 왠지 여자는 정말 설린이가 맞을 것 같았거든. 그 반가웠던 울림으로 다시 한 번 여자의 이름을 부른다면, 지난 2년의 시간에 미안할 만큼 아무렇지 않게 조잘거릴까봐, 얼굴이 붉어져 도망쳐버릴까봐, 겁이 났지. 남자는 조용히 카페를 빠져나왔어. 집에 가면 자신의 이번 기사를 다시 꼼꼼히 읽어봐야겠다고 생각했어. 어느 글귀에선가 여자와 같은 기분을 공유할 수 있지 않을까? 흩어져버린 남자와 여자의 2년을 조금은 헤아려볼 수 있지 않을까? 남자는 생각했어.

18

이화동 바람결에 실린 사람 냄새를 맡은 당신도,
『네가 누구든 얼마나 외롭든』의 나와 정민도,
그리고 외로운 존재인 우리들 모두,
더 강해져야 한다. 더 많이 사랑해야 한다.
네가 누구든, 얼마나 외롭든 말이다.
어쩌면 바람은 외로운 사람에게만 불어오는지 모른다.

은평구 불광동 은평구립도서관
결

✦

결 2 : 무늬, 모양

풍경에 결이 있다면 그건 어떤 느낌일까. 가로로 된 직선의 결?
울렁이며 파도치는 곡선의 결? 풍경에는 참 다양한 결이 존재한
다. 가로, 세로, 대각선, 동그라미, 물결……. 많은 결들이 풍경을
움직이고 동시에 고정시킨다. 풍경을 본다는 것은 결을 읽는 것.
바다가 보이는 풍경을 떠올려본다. 바다가 보여주는 수평선과 하
늘에 떠가는 구름에서 가로의 결을 느낀다. 바다 표면에서 끊임없
이 이어지는 물결의 결을 느낀다. 풍경에는 그것을 지탱하는 획이
나 패턴이 있다.

사진을 찍는 것은 네모난 프레임 안에 무엇을 어떻게 담을 것
이냐를 결정하는 작업이다. 그래서 늘 '무엇'을 찍을 것인지를 먼저
생각한다. 구도나 빛 같은 것들은 이후의 문제다. 카메라를 잡고
대상을 '어떻게' 찍어야 할지를 고민한다. 다른 어떤 대상과 어우러
져야 할지, 어떤 각과 구도일 때 가장 아름다울지, 대상의 빛깔을
얼마만큼 표현할지 결정한다. 바로 '어떻게'의 과정에 풍경의 결을
읽는 과정이 필요하다. 풍경의 결을 나만의 액자에 담는다.

서울에서 만나는 수많은 풍경 속에서도 결을 읽으려 노력한다. 영등포의 제철소 거리를 지날 때에는, 파이프의 단면이 쌓여 있는 곳에서 원의 단면 패턴을 보기도 하고, 남산골 한옥마을에서는, 고흐의 그림처럼 엉겨 있는 마른 잔디에서 회오리 패턴을 보기도 한다. 그것들의 결을 네모난 프레임에 담을 때, 마치 보물찾기에서 보물을 찾은 듯한 기분을 느낀다.

은평구 불광동에서 액자에 담아두고픈 결을 본다. 은평구립도서관은 워낙에 건축 디자인 자체가 독특한 건물이다. 노출 콘크리트가 건물의 전부. 언덕 위로 회색 빛깔의 네모난 상자가 쌓여 있을 뿐이다. 하지만 콘크리트를 그대로 노출시킨 회색 건물은 새파란 겨울 하늘과 무척이나 어울린다. 투박하기만 한 건물의 직선들은 주변의 산과 나무의 선들 속에서 매혹적이기까지 하다. 옥상 쉼터에서 마주한 회색 벽의 구멍들에는 하늘의 파랑이 가득 차 있다. 가로와 세로의 끝없는 어울림, 네모의 결을 사진에 담는다. 그래서 은평구립도서관은 콘크리트와 직선의 딱딱함이 아니라 색과 선의 조화된 부드러움이다.

오랫동안 가슴에 품고 싶은 풍경을 만난다면, 대상을 찬찬히 들여다본다. 어떤 결이 숨어 있는지, 어떤 패턴으로 존재하고 있는지를 본다. 손끝으로 그 결을 매만져본다.

나는 어머니가 해주는 음식과 함께 그 재료에 난 칼자국도 함께 삼켰다.
어두운 내 몸속에는 실로 무수한 칼자국이 새겨져 있다.
그것은 혈관을 타고 다니며 나를 건드린다.
내게 어미가 아픈 것은 그 때문이다. 기관들이 다 아는 것이다.
나는 '가슴이 아프다'는 말을 물리적으로 이해한다.

— 김애란 「칼자국」 중에서

Mondrian. 하얀 종이 위로 여덟 글자를 쓰는 동안에도 녀석의 표정은 그 무엇도 아니었다. "모-ㅇ드리엔." "아냐. 몬드리안. 이엔이 아니라 이안." 몇 번을 몬드리안이라고 발음해주었지만, 중국 토박이인 녀석의 인식을 바꾸는 건 쉬운 일이 아니었다. 중국어에서 발음기호라 할 수 있는 병음의 ian은 '이엔'이라 발음된다. 그렇기에 녀석이 Mondrian이라는 문자를 보고 '모-ㅇ드리엔'이라고 발음한 것은 이상한 일이 아니었다. 하지만 녀석이 추상화가로 유명한 몬드리안의 이름을 알고 있었다면, 그렇게 발음하지 않았을 것이다. "몬드리안, 몰라?" "워 부 쯔다오. 몰라. 모-ㅇ드리안. 누구 이름이야?" "있어. 그림을 그리는 사람인데. 응. 그림. 화화-ㄹ" 애초에 한국말로도 정확하게 몬드리안에 대해 설명할 수도 없었겠지만, 한국말이 서툰 녀석에게 서툰 중국어로 설명해주려니 그 또한 쉬운 일이 아니었다. "아무튼 네가 몬드리안의 그림 같은 사람이라고. 니 샹 타더 화-ㄹ." "나, 그림? 셤머 화-ㄹ? 어떤 그림?" 더 이상 말로는 설명하기 어려웠다. 나는 조용히 컴퓨터를 켰고, 인터넷 창을 열어 몬드리안을 검색했다. 빨강, 파랑, 노랑, 그리고 몇 개의 검은 선들. 그것들의 묘한 구성이 화면 위로 떠올랐다. 몬드리안의 그림을 본 녀석의 표정은 웃는 것 같기도 했고, 이해할 수 없다는 표정 같기도 했다. 말없이 화면 속 그림을 응시하다가 녀석은 조용히 말했다. "몬드리안"

녀석을 알게 된 건 학교에서 진행하는 '멘토-멘티 프로그램'에서였다. 한국 학교로 유학을 와 공부하는 외국인 학생들과 1:1로 연결을 해서 한국의 문화, 한국어, 여행 등을 도와주는 거였다. 녀석은 만날 때마다 느낌이 달랐다. 시끄럽고 열정적이었다가도 갑자기 아무런 표정도, 말도 없기도 했다. 나는 녀석의 변덕스러움에 처음엔 칸딘스키의 그림이 생각났는데, 나중에는 몬드리안의 그림을 떠올렸다. 녀석에게는 어쩐지 늘 외로워 보이는 구석이 있었다. 빨강, 파랑, 노랑, 검은 선들. 녀석은 가장 몽롱하고 황량한 노랑 같았지만, 몬드리안의 그림을 떠올리게 한 결정적 이유는 색과 공간을 분리시키는 검은 선들 때문이었다. 함께 저녁을 먹던 어느 날 나는 녀석에게 말해버렸다. "워 시환 니." 오랜 시간 녀석과 함께였던 나는 때론 빨강이 되어, 노랑 혹은 파랑이 되어 녀석과 뒤섞이고 싶었다. 새로운 빛깔을 얻고 싶었고, 새하얀 도화지에 정신없이 흩뿌려지고 싶었다. "나도 좋아해, 널." 녀석의 목소리와 표정에 어떠한 사랑의 느낌이 없었다는 것을 나는 알았다. 그 순간의 녀석은 단지 검은 선 사이에 갇힌 새하얀 공간이었다. 나를 욕망지도 않았고, 나를 미워하지도, 나를 좋아하거나 걱정하거나, 싫어하지도 않았다. 그 순간의 녀석은 아무런 색깔도 갖고 있지 않았다. 다만 우리 사이에 수많은 검은 선들을 그려넣고 있었다. 어떠한 뒤섞임이나 변화도 없었다. 우리는 다만 평소처럼 함께 식사를 마쳤다. 녀석의 자취방에서 나는 중국어를 공부하고, 녀석은 한국어를 공부했다. 아무것도 다를 것 없다는 사실이 한없이 두렵다가 다시 조용히 위로가 되는 것 같았다. 몬드리안. 나는 녀석에게 몬드리안의 그림에 대해 이야기하고 싶어졌다. 하얀 종이 한 장을 꺼내, Mond-rian, 여덟 자를 적었다.

28

어머니는 칼 하나로 나를 키웠다.
어미의 죽음은 무언가를 먹고 싶다는 욕구마저 앗아갔으나,
우리는 끝내 사과를 우물거리며 다시 '살아야' 한다.
우리가 집어삼킨 칼자국들의 결을,
내 어미가 움직이는 대로 변하던 그 결들을 기억하며 살아야만 한다.

29

중구 필동 남산
남

남1 : 남南쪽

세계가 좁아지고 하나가 되어가며 동서남북의 개념은 잘 쓰이
지 않고 있다. 항해의 시대는 끝이 났고, 더 이상 사람들은 땅과
바다를 헤매지 않는다. 길을 찾을 때 나침반을 들고 헤매는 사람
은 이제 없다. 세계는 지도 한 장으로 단순화되고 동시에 구체화
되었다. GPS만 있으면 현재의 위치와 방향까지 알 수 있는 시대
다. 그럼에도 동서남북의 개념은 여전히 유효하다. 많은 지명들이
동서남북을 지표로 삼은 이름을 갖고 있다. 서대문구와 동대문구,
경상북도와 경상남도 등의 이름은 이름만으로도 그 위치관계를
떠올릴 수 있다. 상하좌우가 보는 이에 따라 상대적인 개념인 반
면에 동서남북은 절대적인 개념이다. 그래서 동대문과 서대문은
여전히 거기에 있다.

남산. 남산은 어디에 있을까. 그건 반드시 무엇인가를 기준으
로 남쪽에 있다. 남산은 주로 성곽의 남쪽에 있는 산을 이른다. 서
울에도 남산이 있고, 경주에도 남산이 있다. 서울의 남산은 서울
성곽의 남쪽에 있는 산이다. 남산의 본이름은 '목멱산'인데, 그 역

시 옛말 '마뫼'로, 남산南山이라는 뜻이다. 성곽 주변 마을에 사람이 살고, 서울 성곽이 지어지는 시간부터 남산은 성곽의 남쪽에 있는 산으로 여겨져왔다.

남산은 늘 서울 성곽 남쪽에 있다. 남산을 마뫼라고 부른 사람들, 목멱산이라 부른 사람들, 그리고 남산이라 부르는 사람들도 오랜 시간 동안 남산 주변에 둥지를 틀고 살아왔다. 그 시간의 무게를 몸에 이고 있는지, 남산 주변의 마을들은 고즈넉하고 차분한 느낌을 풍긴다. 남산골 한옥마을, 중구 필동 주변의 주택들은 대부분 그러하다. 그것들은 남산을 닮았다. 오랜 시간이 흐르고 다시 그곳을 찾는다 해도 변함없이 스스로를 지키고 있을 것 같다는 느낌이 닮았다. 산등성이를 따라 지어져 높낮이가 다른 집들, 낡아왔고 낡아가는 담장들, 담장을 타고 자란 풀잎들까지 변치 않고 제자리에 있을 것만 같다. 산의 높이 때문에 가팔라진 계단과 계단을 오르며 숨을 고르던 사람들도.

왕이 있고 성곽이 제 역할을 하던 때의 남산과 남산의 사람들에 대해 생각해본다. 어쩌면 끊임없이 성곽 안의 삶을 꿈꾸었을지도 모른다. 하지만 분명한 것은 그들이 그만큼 외롭지는 않았으리라는 것이다. 그들에게는 늘 우직하게 삶을 지탱해주던 마뫼가, 목멱산이, 남산이 함께 있었을 테니.

"믿을 만한 소식통에 의하면,
백 마리 중 겨우 다섯 마리만 제집을 찾아 돌아온다더군.
더구나 새끼가 돌아올 확률은 일 퍼센트에 불과하다고 들었어."
"그럼 나머지 제비들은 다 어디로 가는 걸까요?"
"일부는 생을 다해 죽고, 그 나머지 제비들은 또다른 곳으로 가겠지."
문희가 내 말을 따라 읊조렸다.
"일부는 생을 다해 죽고, 나머지 것들은 또다른 곳으로."

— 윤대녕, 『제비를 기르다』 중에서

보라매공원에 가면 말이야. 옛날 공군사관학교의 흔적이 있어. 공원 한편에 에어파크라는 공간이 따로 있는데, 거기에 전투기 모형이 전시되어 있어. 응, 실제 크기인 것 같던걸? 그래 어쩌면 모형이 아니라 실제로 쓰던 전투기들을 전시해둔 걸지도 모르지. 재밌는 건 그 전투기 전시물마다 앞에 두어 개의 벤치가 놓여 있다는 거야. 공원 전체를 향하거나 너른 잔디를 향하지도 않고 단지 그 전투기들을 바라보게끔 놓인 벤치들. 처음에 보곤 웃었어. 응? 웃기잖아. '벤치에 앉아서 그 오래된 전투기 모형을 바라보고 있어야 한다니. 누가 그러겠어' 싶은 거야. 그런데 주위를 둘러보니까 몇몇 사람들이 그 벤치에 앉아 있는 거야. 벤치에 앉아 책을 읽는 것도 아니고, 문자 메시지를 보내는 것도 아니고, 하늘을 바라보는 것도 아니야. 그들은 그저 전투기 모형을 바라보고 있는 거야. 꼼짝도 않고. 꽤나 오랜 시간을 그렇게. 전투기를 바라보고 있는 거지.

보라매? 보라매는 사냥에 쓰려고 어릴 때 잡아 길들인 매를 뜻하지. '길들이다'는 말과 '사냥'이라는 말은 어울리는 듯하면서도 이질적인 느낌이지 않아? 사실 두 단어 모두 일상에서 잘 쓰지 않는 말인 것 같고. '사냥'이라는 개념은 이해할 순 있지만 경험해보지는 못했고, '길들이다'는 개념은 경험할 순 있지만 이해하기에 너무나 추상적이잖아? 그래, 사실 난 '보라매'에 대해 온전히 알지 못했어. 두 시간 동안이나 보라매공원을 걸었는데 내 기억 속에 남은 건 게이트볼을 치는 노인, 윷놀이를 하는 노인, 산책을 하는 노인, 전투기를 바라보는 노인, 노인들뿐이야. 늙은 사람. 경험해보지 못했고, 그래서 이해할 수도 없는 존재 아니야? 그래서, 그래서 말이야, 더 궁금해져버린 거야. 그건 사냥이나 길들임, 보라매에 대한 것들이 아니야. 단지 나는 그들이 무슨 생각을 하고 있는지가 조금 궁금해진 거야. 전투기를 향해 놓여 있는 벤치에 앉아 있던 사람들은 모두 노인들이었어. 꼼짝도 않고, 꽤나 오랜 시간을 그렇게 전투기만 바라보고 있는 거야. 무슨 생각을 하고 있을까. 아마도 나는 상상조차 하기 어려운 것들이었을지 몰라. 전쟁 통에 그런 전투기를 직접 몰았던 기억일지도 몰랐고, 파일럿이 된 아들을 축하하던 기억일지도 몰랐고, 모형 비행기를 사달라고 조르는 손자에 대한 기억일지도 몰랐지. '그 기억들은 아마도 빛바래고 흐릿해져 형상이 남지 않았을 거야' 생각하다가도, '아니 나는 모를 거야' 싶었어. 그 기억들 모두가 선명한 빛깔로 남아 노인의 심심한 시간을 달래고 있는지도 모르니. 나는 이해할 수 없어. 하지만 언젠가 내게 그런 날이 오겠지? 그때가 되면 나는 '노인'이라는 개념을, 그들을 온전히 이해할 수 있을 거야. 그때가 되면 다시 이야기하자. 우리의 오늘이 빛깔을 잃고 흐릿해져 가는지 아니면 저 담장 위의 풀잎처럼 제 빛깔을 품고 반짝이는지 말이야.

38

중구 필동 : 남

겨울, 강남으로 떠났던 제비를 기다리는 일.
새끼 제비가 돌아올 단 1퍼센트의 확률을 믿는 것, 그게 사랑이다.
나는 문희를 떠나보내고 그 1퍼센트의 확률을 기다렸는지 모른다.
돌아오지 않은 제비에 앓았던 가슴 깊은 상사相思,
내가 문희를 찾을 수밖에 없던 이유다.

서대문구 홍제동 개미마을
남

남 2 : 타인

새하얀 입김이 퍼지던 봄, 홍제동으로 간다. 지하철 3호선 홍제역에서 내린다.
2번 출구로 나가 버스를 기다린다. 8번 버스던가? 7번 버스던가? 녀석이 내게 묻는다.
홍제동이 처음인 나는, 대답하지 못하고 그저 웃는다. 녀석과 나는 8번 버스에 오른
다. 버스가 출발하자 녀석이 말한다. 아, 7번이네. 잘못 탄 버스를 타고 동네를 한 바퀴
돈다. 버스는 다시 처음의 자리로 돌아온다. 8번 버스에서 내려 7번 버스에 오른다.
7번 버스는 8번 버스와 비슷하지만 조금 다른 길로 우리를 데리고 간다. 어딜 가려는
지 도무지 말해주지 않는 녀석을 따라 잠자코 앉아 있다. 몇 정거장을 지난다. 그중
에는 '오동나무 앞'이라는 이름의 정류장이 있다. 그 예쁜 이름에, 녀석과 나는 '오동나
무 앞이래!' 하며 웃는다. 버스는 이제 언덕을 오른다. 그 언덕의 끝에 우리를 내려준
다. 그곳, 홍제동 개미마을이다.

서울은 언제나 공사중이다. 여전히 많은 집들이 헐리고, 그 땅
위로 자본의 단단한 두 다리가 자리를 잡는다. 때로는 빌딩이 되
어, 때로는 아파트가 되어 사람들의 눈길을 끈다. 공간은 많아지
지만, 그 땅을 터전으로 삼던 사람들은 공간을 잃는다. 서울에 얼
마나 많은 언덕이 있을까. 그 언덕 위에 얼마나 많은 사람들이 둥

지를 트고 살아가고 있을까. 사라지지 못해 남아 있는 언덕 위의 집들과 사람들은 얼마나 오래도록 몸부림쳐왔을까. 사라지지 않기 위해.

7번 버스의 종점인 개미마을의 언덕 끝은 이 여행의 출발지다. 버스에서 내리면 공공화장실 벽에 그려진 개 한 마리가 Let's go를 외친다. 언덕 아래를 훑어보니 마을의 담벼락마다 알록달록 그림이 그려져 있다. 무허가촌이었다는 개미마을은 오랜 시간 동안 몇 번의 철거 사태를 겪어냈다고 한다. 마을은 조용히, 그러나 강하게, 그렇게 낡아왔다. 언덕 위의 무허가촌은 누군가의 삶의 터전이었다. 2009년, 금호건설의 후원을 받아 100여 명의 대학생들이 개미마을에 벽화를 그렸다고 한다. 지금은 많은 사람들이 마을을 찾아 벽화를 즐기고, 사진으로 홍제동에서의 추억을 남긴다. 이제 그곳은 사람들의 마을이 됐다.

언덕 위에서 출발해 마을 아래쪽으로 내려간다. 벽화는 벽에서 벽으로 이어지기도 하고, 때론 발끝이 닿는 계단 위에 그려져 있기도 하다. 새하얀 벽 위에 붉은 꽃잎이 피어나고, 구름이 떠가고, 돼지가 웃는다. 고래 입에서 퍼져나온 하트들이 계단을 오른다. 담벼락 앞에서 웃으며 사진을 남기는 사람들의 표정이 좋다. 벽화 속의 꽃잎들만큼이나 보드랍고, 동물들의 웃음만큼 평화롭다. 개미 마을의 벽화는 누군가의 추억이 되어 간다.

홍제동의 봄. 채 녹지 않은 눈이 새하얗게 얼어 있었다. 눈 쌓인

3월. 새하얀 입김이 하늘로 퍼져나갔다. 마을의 어느 계단 즈음에서는 시멘트에 찍힌 고양이 발자국을 발견하고 한참을 웃기도 했다. 봄은 갔다. 눈은 녹았지만 시멘트 위의 고양이 발자국처럼 홍제동 개미 마을에서의 기억은 단단하고 선명하게 남았다. 타인의 담장은 사진 한 장의 추억이다. 하지만 기억했으면 좋겠다. 오랜 시간 언덕 위에서 사라지지 않기 위해 두 발 끝에 힘을 단단히 주었을 골목골목의 집들을, 개미마을을 지켜온 사람들을.

46

"전쟁중에 우린 사람들을 만나면 서로 정을 주지 않으려고 애썼지.
얼마 지나지 않아서 헤어져야 한다는 걸 알았으니까. 그것도 영원히.
(중략) 그 안에 우린 대부분 죽게 마련이니까.
살아서 만날 수 있는 친구가 있다는 건 얼마나 좋은 일인가."

— 방현석, 「존재의 형식」 중에서

거긴 어때? 많이 더워? 한국은 요즘 많이 추워. 어찌나 추운지 2주일 전에 내렸던 눈이 아직도 녹지 않았어. 온몸을 꽁꽁 싸매고 다니는데도 어디론가 바람이 새어들어오는 거 있지. 바람이 너무 차서 입으로 숨을 들이쉬면 목구멍까지 싸아~ 하고 시원해져. 그러고는 쿨럭, 헛기침이 나. 목도리나 귀마개로도 가리지 못한 코와 볼은 새빨갛게 변하지만 감각은 없어. 콧물도 얼고. 네가 아마 한국에 있었다면 정말이지 며칠 동안 집 밖으로 나가지 않겠다고 떼를 썼을 날씨야. 넌 추운 건 몸서리치게 싫어하잖아. 그래서 더운 날씨에는 좀 익숙해졌니? 추운 거보단 그게 훨씬 나아? 궁금하다. 네가 지난번 편지에 썼던, 그…… 뭐더라 사랑할 수밖에 없는 아프리카의 태양, 이라는 말. 난 어떤 느낌인지 잘 모르겠거든. 널 미치도록 행복하게 하는 그 태양의 볕이 어떤지. 그 볕 아래에서 너는 주로 무슨 생각을 하는지. 네가 자주 다니는 길에는 그림자가 지는지 안 지는지. 태양이 몇 시쯤이면 바알갛게 저물어 가는지. 모두 궁금해.

눈은 채 녹지 않았는데, 오늘 또 눈이 왔어. 조용하게. 그런데 따뜻하게 펑펑 쏟아졌어. 바람이 부는 대로 눈송이들이 흩날렸어. 그러다가 어느 순간 눈을 못 뜰만큼 세차게 얼굴을 향해 불어오기 시작하는 거야. 정신을 못 차리겠더라. 결국 고개를 푹 숙이고 걸었어. 걷는데, 네가 예전에 얘기했던 걸 봤어. 눈 그림자 말이야. 눈의 그림자. 함박눈이 내리던 밤, 내게 말해주었던 그 한 송이 한 송이의 그림자. 눈 내리는 풍경을 바라보는 것만큼이나 좋던걸. 내게 눈 그림자에 대해 이야기해주던 밤. 너도 그렇게 고개를 숙이고 걷고 있었니? 눈 내리는 밤 풍경이 어쩐지 쓸쓸해 보인다던 내게 외롭냐고 물어주었던 그날의 너는, 고개를 숙이고 걷고 있었니? 내 외로움을 달래주던 그 순간의 너는, 조금은 외롭진 않았니? 그 생각을 오늘에서야 했어. 그날의 내가 아닌 그날의 너. 쓸쓸하리만큼 조용히 눈이 내리던 밤, 전화해줘서 고마웠어.

아프리카 사람들은 눈 오는 걸 본 적이 없겠지? 때로는 행복에 겨울 만큼 따듯한 풍경, 때로는 눈송이 하나하나가 흩날리는 외로운 풍경을 본 적 없겠지? 그래서 아프리카는 어떠니? 사랑할 수밖에 없는 아프리카의 볕이 조금은 외로워보인 적은 없었니? 있잖아, 아프리카의 어느 나라에는 1년, 나이의 개념이 없대. 네가 지내는 마을은 어때? 넌 그곳에서 여전히 스물넷의 청년이야? 아니면 그냥 젊은이? 나 조금은 두렵기도 해. 스물넷이라는 현실의 무게가. 나도 아프리카의 어느 나라론가 떠나야 할까봐. 물론 그 정도의 용기가 지금은 나지 않는다는 게 더 두려운 일이겠지. 젊은이, 어때? 당신이 지금 숨 쉬고 있는 그곳, 그 볕의 풍경은? 젊은이, 보고 싶다. 많이 보고파. 답장 줘.

2011년 1월 19일

서대문구 홍제동 : 남

젊은 날 함께 같은 꿈과 희망을 나누었어도 결국은 타인일 수밖에 없는 존재들.
시간이 흐르면 존재의 형식은 변한다.
예전의 우리만을 기억해서는 타인의 삶의 방식을 이해할 수 없다.
저 담장 너머의 당신을 이해하는 것,
그것이 지금의 우리 존재들에 주어진 과제다.

동작구 노량진동
수산시장, 사육신공원
남

남3 : 남자, 남성

전형적인 여자와 남자의 이미지에서 남성은 더 강하고 맹렬한 존재, 여성은 상대적으로 약하고 부드러운 존재로 인식된다. 서울에서 보았던 대부분의 풍경은 여성적 이미지로 기억된다. 낙엽이 쌓인 길을 걷듯 푹신하고, 반짝이는 불빛에 둘러싸여 따뜻하기만 하다. 엄마의 살결처럼 푹신하고 따뜻한 느낌이다. 어쩌면 대부분의 기억들이 그러하듯이, 아름다웠던 것들만이 미화되어 기억을 재구성하는 것인지도 모른다. 그럼에도 불구하고 딱 한 곳, 유난히 남성적 이미지가 강렬했던 동네가 있다. 속마음을 숨기는 듯한 무표정한 얼굴, 일상을 버텨내는 단단한 마음…… 내 아버지의 그것들이 느껴지는 곳. 동작구 노량진동이다.

'노량진' 하면 떠오르는 몇 가지 풍경이 있다. 아침 일찍부터 학원으로 향하는 각종 고시생의 노량진, 아직 비릿한 짠내가 남아 있는 수산시장의 노량진. 그중 수산시장을 찾았을 때, 굉장히 남성적인 풍경과 만났다. 목이 긴 장화를 신고, 방수가 잘 되는 도톰한 앞치마를 입은 남자들이 파란 수레 위에 얼음상자와 생선상자를 한가득 올려 오간다. 병아리마냥 어미를 쫓으며 뻐끔거리는 자식들의 무게가 걸음걸음마다 남아 있다. 가정을 책임지는 가장의 걸음걸이. 그 모습에서는 여성에게서 느낄 수 없는 힘과 맹렬함이 느껴진다.

노량진 하면 떠오를 만큼 알려지지는 않았지만, 노량진에 가면 사육신공원을 찾곤 한다. 사육신묘와 사당 주변에 공원이 조성되어 있다. 사당에 들러 향을 피우고 크게 숨을 들이쉴 때면, 세상 어느 곳의 누구보다도 평온한 존재가 된다. 까치발을 들어 담장 너머로 사육신묘를 볼 때면, 이상하게도 아버지가 떠오른다. 누군가의 아버지인 왕을 모시는 아버지들. 누군가의 아버지를 위한 절개와 충성심으로 목숨을 내어준 아버지들. 그 아버지들의 이야기가 떠오른다. 무표정한 얼굴과 딱딱한 말투 속에 숨겨진 진심과 믿음에 대해 생각한다.

노량진동에서 본 남성성은 아비의 것이다. 가정을 위한, 새끼를 위한 헌신. 왕과 대의를 위한 충절. 그런 단단한 것들이 세상의 모든 아비를 닮아 있다. 그래서 조금은 낯설었던 풍경, 그래서 무척이나 익숙했던 풍경. 그게 노량진이다. 나의 아비에게로 돌아갈 시간. 수산시장 입구를 등지고 터널로 들어선다. 덜컹덜컹. 터널 위로 열차가 지나간다. 두근두근. 엄마의 심장 소리 같은 심박 수가 느껴져 온다. 오래된 죽음과 생선비린내가 널려 있는 아비의 땅에서 나는 태아처럼 생生을 꿈꾼다.

내겐 아버지가 없다. 하지만 여기 없다는 것뿐이다.
아버지는 계속 뛰고 계신다. (중략) 나는 깜깜한 어둠속에서도
아버지의 모습을 잘 식별할 수 있는데,
그것은 아버지의 야광 바지가 언제나 반짝이고 있기 때문이다.
아버지는 뛴다. 물론 아무도 박수쳐주지는 않았을 것이다.

— 김애란, 「달려라 아비」 중에서

K. 그대는 울고 있는 사람 옆에 말없이 앉아 기다려준 적이 있던가. 그대, 열여섯의 어느 가을을 기억하고 있지 않은가. 처음으로 그대의 손을 잡았던 소년의 이름을 기억하고 있지 않던가. 그 가을, 그대는 유난히도 부모님의 말이라면 듣지 않던 소녀였지. 부모님이 그대에게 무어라고 말이라도 하면 그대는 이유가 무엇이든 눈물을 펑펑 쏟았지. 당황한 부모님이 왜 그러냐고 이유라도 물을 때면 '엄마는 몰라!' 하고 외치던 작은 소녀였지. 그대는 어려서부터 눈물이 많기도 했어. 하지만 그때는 삶들이 흔히 '사춘기'라 불리던 시기였는지도 몰라. 그대가 더 서럽게 울었던 건 그 눈물의 이유를 알지 못한 탓도 있었겠지.

그대, 그대는 기억하는가. 열여섯의 어느 가을날. 학교 앞 등나무에 앉아 왜 그리도 서럽게 울고 있었는지. 언제부터 소년이 그대의 옆에 다가와 말없이 앉아 있었는지. 소년은 그대가 울음을 그칠 때까지 계속 옆에 앉아 있었어. 그대는 문득 그대가 좋아라 하던 그 소년이 옆에 앉아 있는 게 싫어졌어. 눈물 때문에 얼룩덜룩해진 얼굴을 보이기 싫었던 탓이었겠지. 그래서 그때부터 그대는 그 울음 자체가 아닌 울음 뒤에 상황에 집중하며 울었어. 얼마나 더 울고 그쳐야 할까, 눈물을 닦고 소년에게 어떤 표정을 지어야 할까, 무슨 말을 해야 할까, 하는 걱정이었겠지.

K, 그대는 소년에게 어떤 표정으로 무슨 말을 던졌던가. 눈물도 채 닦지 못한 채 소년의 얼굴을 바라보았었지. 결국은 아무 말도 하지 못했지. 하지만 그대가 놀랐던 건 그럼에도 그 소년이 그대를 보고 싱긋 웃어 보였던 탓이었겠지. 그러고는 그대의 작은 손을 꼭 쥐는 바람에 그대는 눈물을 딱 그쳤었지. 좋아하는 사람의 손이 그토록 따듯한 것이라는 걸 처음 알았으니까. 몇 마디 말 없이도 누군가를 위로할 수 있

다는 걸 처음 알았으니까. 그대는 더 이상 울 수 없었어. 그러고는 소년에게 배시시 웃어 보였지.

K, 그대는 울고 있는 사람 옆에 말없이 앉아 기다려준 적이 있던가. 그대 첫사랑 소년이 그대에게 어떻게 해주었는지를 잊었단 말인가. K, 용기 있게 걸어가 그의 옆에 앉아 있어주게. 그 손을 꼭 잡아주게. 그렇게만 해준다면 그 역시 10년 전의 어린 그대처럼 눈물을 그치고 배시시 웃어 보일지도 모르네. 그리고 그대가 느꼈듯이 지금 잡은 이 손을 평생 놓지 않았으면 하고 바랄지도 모르네. K, 그를 사랑하는가. 그를 위로하고 싶은가. 그대, 어서 그의 옆으로 다가가 곁을 지켜주게. 그거면 됐네.

누구에게나 저 멀리서 달리고 있는 아비가 있다.
사육신묘에 묻힌 이들도, 노량진 수산시장을 누비는 이들도
누군가를 위해 뛰고 계신 아버지일 것이라 생각하곤 했다.
아버지가 달리지 않았다면 난 있을 수 없었을 것이고,
내가 존재하려면 아비는 달려야 한다.

61

서대문구 연희동 연희문학창작촌
더

⊕

더 1 : the(유일한)

서대문구 연희동의 글_
우주에서 단 하나뿐인 글의 탄생

모든 사람이 저마다의 무언가를 품고 태어나듯, 이 땅 위에 태어나는 모든 글도 제 나름의 얼굴, 냄새, 성격을 가지고 태어난다. 무엇 하나 같은 녀석이 없다. 같은 주제로 글을 써도 쓰는 사람에 따라 얼굴이 다르고, 같은 사람이 써도 쓰고 싶은 내용에 따라 목소리와 체취 같은 것들이 달라진다. 그래서 감히 모든 글에 the라는 정관사를 붙여본다. The Sun, The Moon 만큼이나 고유하고, 세상에 단 하나뿐인 존재들인 까닭이다.

읽는 이의 손에 땀을 쥐게 하고, 심금을 울리기도 하는 글들은 문자의 집합, 그 이상의 의미를 갖는다. 사람들은 글에 공감하고, 때로는 글을 소유하고 싶은 욕망에 휩싸인다. 그래서 책을 사 몇 번이고 읽고 또 읽는다. 그렇기에 글이라는 녀석은 분명히 존재하는 하나의 그 무엇이다. 사람들의 마음속에서 불멸의 존재로 거듭나면서 녀석은 존재한다.

우리에게 어미와 아비가 있듯, 모든 글에도 그들을 낳아준 이들이 있다. 하나의 글을 낳기 위해 밤낮으로 보듬고 기도했을 사람들. 그들의 무수한 고뇌의 끝에 글은 세상의 빛을 본다. 서대문구 연희동 깊숙한 골목 안에도 누군가의 고뇌가 고이고, 글이 태어나는 공간이 있다. 문래예술공장, 신당창작아케이드 등의 서울시 창작공간사업의 일부로 조성된 '연희문학창작촌'이다. 전원형 창작촌을 콘셉트로 2009년에 문을 열었다. 문학을 하는 작가들이 이야기하고, 걷고, 글을 쓸 수 있는 전용 공간이다. 더불어 낭독회나 창작수업 등 시민들이 참여할 수 있는 프로그램도 운영되고 있다.

연희문학창작촌은 건너편 집의 풍경 소리가 들려올 만큼 조용하다. 고요 속에서 작가들은 또 어떤 상상을 하고 있을 것이다. 하지만 연희문학창작촌은 작가만의 공간은 아니다. 휴관일을 제외하고는 모두가 함께 즐길 수 있는 공간이다. 나무가 무성한 숲길은 사랑하는 사람의 손을 잡고 걷기에 좋다. 창작촌 한편에는 자석으로 된 단어들을 조합할 수 있는 철판이 있는데, 누군가에게 전하고픈 단 하나뿐인 메시지를 만들 수 있다. 창작촌 입구에 전시된 작가들의 핸드프린팅에서 자신이 읽어봤던 시, 소설, 평론 등의 작가의 손을 찾아보는 일도 상당한 기쁨을 준다.

연희문학창작촌의 풍경에 시선을 빼앗긴 틈에도, 무수하지만 유일한 존재의 글들이 작가에게 지독한 산통을 선물하며 탄생의 순간을 기다리고 있다. 연희문학창작촌에서 작가들의 손도장 위에 내 손을 겹쳐 올려본다. 우주에서 단 하나뿐인 글의 탄생을 상상해본다.

68

— 만기야…… 니 밴 …… 희봉이라고 …… 아나?
— 만기는 자기도 모르게 고개를 끄덕였다. 열심히 끄덕였다.
멈추지 않고 끄덕였다. 당직 간호사가 달려와
환자의 상태를 확인하고는 의사를 부르러 뛰어나갔다.
만기는 부친의 고요한 몸 앞에서 그렇게 오래 고개를 끄덕이고 있었다.

— 이장욱, 「변희봉」 중에서

내가 그녀에 대해 기억하고 있는 것은 사실 몇 가지 없다. 그녀는 이미 몇 해 전에 세상을 떠났고, 그녀가 살아 있었다 해도 우리가 함께 시간을 보냈을 리 없을 터였기 때문이다. 그녀는 단정한 사람이었다. 발등이 희게 보이는 판타롱 스타킹을 신고 반짝반짝 윤이 나는 검은 구두를 즐겨 입었다. 치마는 좋아하지 않았고, 발목까지 내려오는 정장 바지에 재킷을 맞춰 입곤 했다. 촘촘한 빗으로 머리를 빗어 넘기고 모자까지 쓰고 나면 그녀는 흡족한 듯 웃음을 지었다. 하지만 내가 기억하는 그녀의 모습은 봄의 그녀다. 그녀는 봄이 되면 평소와 같은 패션에 샛노란 스카프를 둘렀다. 무채색의 모자나 옷, 구두에는 어울리지 못하는 지나칠 정도의 노랑이었지만, 그녀가 싱긋 웃어 보이면 그 노란 스카프는 참으로 잘 어울렸다. 그녀의 단정함은 순도 100퍼센트의 노랑에서 빛을 발하는 듯했다. 그래서 나는 그녀의 단정함이 좋았고, 그녀의 웃음이 좋았다. 그녀의 목에 둘린 노란 스카프가 좋았고, 그녀가 있는 봄이 좋았다. 나는 그녀가 좋았다.

그녀의 집은 동네 끝자락 언덕 쪽에 있었다. 큰길에서 들어가기는 꽤 멀고 여러 집들이 모여 있었지만, 나는 늘 그녀의 집을 쉽게 찾아냈다. 하지만 그건 그녀가 내게 특별했다기보다 그녀의 집이 다른 집들에 비해 특이했기 때문이었다. 그녀가 살던 2층짜리 주택의 지붕은 하늘색이었다. 그것은 구름 한 점 없이 맑은 날의 하늘의 빛깔이었다. 그래서인지 구름 한 점 없이 맑은 날이면 그녀의 집 지붕은 잘 보이지 않았고, 주변의 건물들보다 조금 낮게 보였다. 다른 집들의 지붕이 검은 기와였던 것을 생각하면 그녀의 집 지붕이 얼마나 돋보였을지 떠올릴 수 있다. 그것은 결코 파란 슬레이트 지붕은 아니었다. 여느 집과 다름없는 기와지붕이었다. 그녀의 손을 잡고 걷던 어느 날 나는 물었다. 그 하늘색 지붕은 그녀가 그 집에 살기 이전부터 있었냐고. 그녀는 싱긋 웃어 보이며 말했다. '저건 저 집을 지을 때 내 손으로 직접 칠한 거야. 그 땐 늘 맑은 하늘이 내 머리 위에 있었으면 했거든. 가난했고 힘들었으니까. 기와를 얹기 전에 일일이 하늘색 페인트로 칠을 했어. 네 아버지도 함께 칠을 했단다. 이 할미랑 같이.' 나는 그녀의 머리 위에 있는 하늘색 지붕이 좋았고, 그녀가 있는 그 집이 좋았다. 나는 그녀가 좋았다.

시간은 뒤죽박죽 그녀에 대한 기억을 뒤섞어 놓았고, 어느 날엔가 그녀는 기억으로만 추억할 수 있는 사람이 되어버렸다. 여전히 구름 한 점 없이 맑은 가을날과 하늘색 지붕의 집은 남아 있지만, 무채색의 단정함에 이질적이던 샛노랑을 떠나보낸 후로는 언제 봄이 오나 싶다. 사실 내가 그녀에 대해 기억하는 것은 몇 없지만 말이다.

서대문구 연희동 : 더

우주에서 단 하나뿐인 그, 변희봉이 만기의 주변에 나타난다.
현실의 절망적인 순간에 연극계로 뛰어든 만기에게,
배우 중의 배우인 변희봉의 등장은 배우로서의 만기 자신을 꿈꾸게 했을 것이다.
어쩌면 변희봉은 우주에서 단 하나뿐인, 만기의 꿈일른지도.

마포구 상수동 홍익대학교
더

더 2 : more

청춘. 누군가에겐 동경, 누군가에겐 부러움으로 다가올 단어.
청춘. 평생을 들어도 가슴 설렐 단어. 만물이 푸른 봄철이라는 뜻
의 '청춘'은 십대 후반에서 이십대에 걸치는, 인생의 젊은 나이를
의미한다. 누구에게든 청춘은 올 것이고, 누구에게든 청춘은, 아
련한 옛날로 추억된다. 많은 음악인이 청춘을 노래했고, 많은 작가
가 청춘을 이야기했다. 청춘은 이 땅 위에 나고, 살고, 죽는 모든
이에게 유효한 이야기다.

청춘. 그 파릇한 봄에는 여물지 못한 것들이 많아서, 함께 나
누며 의지해야 할 것도 많다. 서로의 손을 잡아주기 위해, 서로에
게 어깨를 빌려주기 위해 청춘에겐 광장이, 놀이터가 필요하다. 청
춘들이 모이는 거대한 광장, 거대한 놀이터가 서울에 있다. 마주치
는 젊음이 너무나도 많아서 가끔은 서로를 잊기도 하는 너와 나.
하지만 언제고 사랑과 시기, 꿈같은 것들을 쉴 새 없이 뒤섞어 춤
추고 노래하는 너와 나. 그 청춘들이 모두 모인 청춘의 광장, 홍대
앞이다.

홍대 앞이라는 이름 속의 주인공인 홍익대학교는 오랜 시간동안 미술 분야에서 명성을 떨쳐왔다. 그래서인지 홍대 앞은 다른 대학가에 비해 감각적으로 진화해왔다. 벽화나 액세서리 같은 것들을 이른바 홍대 미대의 청춘들이 이끌었을 테고, 그 예술적 영감과 분위기는 홍대 앞으로 더 많은 예술가를 불러 모았을 것이다. 홍대 앞에는 클럽도 많고 음악하는 사람들도 많다. 미술과 음악, 시각과 청각. 그것들에 대한 색다른 자극들이 또 다른 청춘들을 매료시킨다. 홍대 앞은 젊음과 젊음을 더해가며 몸집을 불려가고 있다.

독특한 감각을 품은 홍익대 학생들은 어떻게 생활하는지 궁금해서 홍익대학교 캠퍼스 안을 돌아다녀본다. 학교 안은 마치 거대한 미로 같다. 건물들은 산의 능선대로 쌓아올려진 듯 서 있고, 층을 제대로 헤아리기 어려운 건물과 건물 사이로 길들이 연결되어 있다. 대부분의 학교들을 2차원과 평면 좌표라고 한다면, 홍대

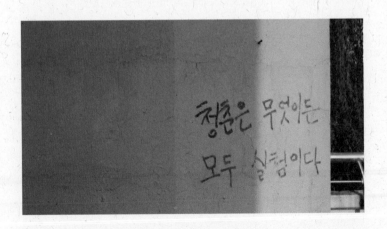

는 3차원과 덩어리다. 3차원 미로에서 학생들은 몇 번이고 헤매고, 지름길을 만들어내고, 아지트를 만들었을 테다. 홍대는 자체로 평지에 펼쳐진 학교들보다 조금은 특별하고 창의적인 것들을 품고 있다.

홍대 앞에서 수많은 청춘이 부대낀다. 서로 몹시도 다른 잎새지만 가슴 속에 뜨거운 꿈을 품고 있다는 점은 닮았다. 광장에 모여 자신의 꿈을 뽐내고, 다른 청춘의 꿈에 박수를 보낸다. 광장은 건강하다. 청춘은 건강하다. 그래서 홍대 앞은 '더'라는 수식이 잘 어울리는 곳이다. 더 밝게 젊음을 노래하고, 더 크게 꿈꾸고, 더 새롭게 뽐내고, 더 즐겁게 논다. 거대한 놀이터는 더욱더 커져가고, 청춘을 언제고 더, 더 무엇인가를 도모한다. 홍대 앞에서 뒤섞인 청춘, 그 누구도 혼자가 아니기에 외롭지 않다. 다가올 봄의 잎사귀를 틔우기 위해 서로의 물을 나누고 온기를 나눈다. 내일이면 더 자라 있을 것이다. 청춘. 청춘 말이다.

등반일지를 쓸 때, 그 지점을 이해하기 위해 안간힘을 쓰는 것처럼
그는 자신이 납득할 수 없는 여자친구와의 일을 이해하기 위해
거듭해서 문장을 고쳐 썼다. 하지만 그가 결국 깨닫게 된 것은,
아무리 해도, 그러니까 자신의 기억을 아무리 '총동원해도' 문장으로
남길 수 없는 일들이 삶에서도 존재한다는 사실이었다.

— 김연수, 「다시 한 달을 가서 설산을 넘으면」 중에서

잠을 잘 못 잤어, 당신? 얼굴이 많이 피곤해 보이네.

요즘 계속 꿈에서 재난을 당해. 온 동네가 불길에 휩싸여 도망치기도 하고, 지진에 해일까지 덮쳐서 높은 곳을 향해 달리기도 해. 중간에 몇 번이나 깨고 다시 잠이 들어도 그 재해는 계속돼. 밤새 도망치고 깨면 아침에 조금 피곤하기까지 하다니까. 하지만 무엇보다 견딜 수 없는 건 사랑하는 사람과 갈라지게 되는 현실이었어. 때로는 가족들, 때로는 친구들, 그리고 당신과도 몇 번이고 헤어졌었어. 그 재해 속에서 무사히 다시 만날 수 있기를 바라보지만, 결국은 두 번 다시 볼 수 없으리라고 생각하게 돼. 불타는 도시, 무너져버린 집보다 절망적인 건 바로 그거야.

그래서, 어제도 그런 꿈을 꾼 거야?

응. 어젯밤 꿈에서는 지진이 났어. 다행히 아파트는 무너지지 않았고, 가족들도 모두 집에 함께 있었어. 급히 가방을 꾸려 도망을 치기 시작했어. 아파트 옥상 풍경도 스치고, 옛날에 다녔던 초등학교 풍경도 스치고, 많은 공간들을 통해 갔지. 그러다 문득 떠오른 거야. 지난밤 당신과 어떻게 헤어졌는지. 우리가 함께하는 마지막 순간이었는지 모르는 그 순간을 어떻게 보냈는지.

어땠는데? 싸우기라도 했어?

응. 정답이야. 구체적으로 말하면 싸운 건 아냐. 서로에게 화가 나 있었어. 무엇 때문인지 당신은 화가 나 있었어. 나에게 뭐라고 말이라도 하면 좋을 텐데 아무런 말도 없는 거야. 그래서 나도 화가 났어. 나에게 조금 더 너그럽지 못한 당신이 미워지는 거야. 말 안 할 거면 그냥 다음에 보자고 말하고 뒤를 돌아버렸어. 몇 걸음 걷다가 다시 뒤를 돌아봤는데 당신은 나를 잡을 기색도 없이 그냥 가고 있는 거야. 나는 심

82

통이 나서 내일 당신을 만나면 투정을 잔뜩 부리겠다고 생각했어. 그리고 그 내일, 지진이 일어난 거야. 당신을 다시 만나 투정을 부리고 아무 일 없다는 듯 환하게 웃어주고 싶었는데. 영영 만나기 어려울지 모르게 되어버렸어. 당신의 뒷모습을 몇 번이고 떠올려 보다가 꿈에서 깨버렸어.

조금 슬프네, 그런 꿈이라면. 그래서 당신 회사에도 늦고 우리 회사 앞까지 온 거야? 나 보려고?

당신이 잘 있는지 안 보면 미칠 것 같았단 말이야. 유치하게 나까지 화나지 않았으면 좀 나았으련만. 왜 그렇게 당신을 보냈는지 참.

뭐, 꿈이잖아. 얼른 잊어버려. 아, 맑다. 하늘 좀 봐. 구름이 되게 특이하네. 지진이 나기 전에 특이한 구름이 발견되는 경우가 많다던데. 지금이 우리의 마지막 순간일지도 모른다고 생각하고 더 사랑할게, 당신을.

마포구 상수동 : 더

시대의 무게를 못 견디고 죽음을 선택한 여자.
여자를 이해하기 위해 글을 쓰고 죽음을 선택한 남자.
두 젊음의 죽음에도 불구하고 소설은 우울하거나 외롭지 않다.
그들의 사랑에 대해 직접적으로 말하지 않지만 그 사랑을 읽을 수 있는 탓이다.
소설은 거리 위의 청춘들에게 바로 지금 더 많이 사랑하라고 말한다.

영등포구 당산동 한강공원
록

록1 : 푸른

2009년의 여름. 각종 아르바이트를 섭렵하고, 밥값, 음료수 값
까지 아껴가며 1년 반 동안 모았던 돈으로 한 달간의 유럽 여행을
떠났다. 스물이 되도록 여행이라곤 국내 여행 몇 번이 전부. 비행
기도 처음 타보는 것이었기에 떠나기 직전의 설렘과 긴장은 최고
조에 이르렀다. 정말로 다른 세계가 존재하기는 할까. 그곳엔 정말
로 또 다른 세계가 있었다. 내가 몰랐던 땅의 공기, 사람들, 풀내
음과 음식들. 그것이 유럽이라는 것은 큰 상관이 없었다. 나는 이
방인이었고, 낯선 것들에 둘러싸여 있을 뿐이었다.

'유럽 별거 없고만, 사람 사는 데는 다 똑같지.' 며칠이 지나고
농담 삼아 말하곤 했다. 피부, 눈동자, 식습관과 문화가 조금씩 다
를 뿐 정말이지 사람 사는 곳은 다 똑같았다. 끼니때가 되면 음식
냄새가 거리를 메운다. 날씨가 좋은 날이면 가던 길을 멈추고 앉
아 해를 쬔다. 친구들과 맥주 한 잔을 나누며 수다를 떤다. 엄마
아빠 손을 잡은 아기들이 아장아장 발걸음을 옮긴다. 어려움에 처
하면 누군가는 친절을 베풀어주었고, 이야기를 나누게 되면 웃음

을 띄웠다. 그래서 그 한 달은 정말이지 따듯하고 충만한 시간이었다. 사람 사는 곳이 그렇다.

가장 안락했던 순간은 '강'과 마주했던 순간이었다. 한강 주변의 풍경들에 익숙했던 탓인지, 강이 있는 풍경은 서울을 떠오르게 했다. 강변에 앉아 바람을 쐬고, 강가를 따라 걷고, 산책하는 이에게 먹거리를 파는 풍경은 한강의 것들과 닮아 있었다. 특히 첫 여행지였던 런던에서는 템스 강 풍경을 보며 떠나온 곳에 대해 많이 생각했다. 금세 서울이 그리워지기도 했다. 하지만 강이 주는 익숙한 느낌 덕에 타지에서의 낯섦과 두려움을 잊을 수 있었다.

사실 물이 있는 곳에 사람들이 모이는 것은 아주 자연스러운 일이다. 문명은 물줄기 주변에서 시작되었고, 실제로 여러 수도首都에는 강이 흐른다. 강과 삶은 떼어놓을 수 없는 하나의 고리다. 지금의 한강이야 풍경을 즐기는 쉼터의 의미가 크지만, 예전의 한강은 조금 다른 의미였다. 볕이 뜨거운 날이면 몸을 적셔줄 샤워장, 목을 축여줄 식수, 저녁 찬거리가 헤엄치는 낚시터……. 삶 그 자체였다. 푸른 젖줄기는 흘러흘러 사람들을 살찌우고, 바다를 살찌웠다. 한강이 누군가의 가족이라면 그건 아마 엄마일 테다. 곳곳에서 우리가 외롭지 않게끔 보듬어준다. 푸른 물에서 풍겨오는 비릿한 물 냄새와 반짝이는 물결. 그거면 충분하다. 그게 한강이든 템스 강이든 센 강이든 말이다. 그 젖내음이 그리워질 때면, 당산역에서 내려 한강공원으로 간다. 물과 가장 가까운 돌계단에 앉아 한없이 해지는 풍경을 본다.

그 소리를 견디다 못한 그녀가 버럭 소리를 질렀다.
누이가 돌아옴으로써 도시를 떠나는 일은 요원해졌다.
우리는 여전히 아오이가든에 남게 될 것이다. 별안간 나도 버럭 소리를 질렀다.
개구리 소리는 더 이상 들려오지 않았다.

— 편혜영, 「아오이가든」 중에서

여자는 쭈그리고 앉아 있는 아이의 곁으로 다가갔다. 아이는 시멘트 바닥에 낀 이끼를 나뭇가지로 파내고 있었다. 여자의 그림자가 아이의 몸 위로 드리워졌지만, 아이는 여자를 쳐다보지 않았다. 여자는 아이를 쳐다보았다. 쭈그리고 앉아 있는 폼이 살짝만 건드리면 갸우뚱하고 뒤로 넘어갈 것 같았다. 여자는 아이를 살짝 밀고픈 충동에 휩싸였다. 여자는 아이를 밀지 않았다. 대신 여자는 아이와 같은 자세로 쭈그리고 앉아 아이의 얼굴을 바라보았다. 아이는 눈을 감고 있었다. 여자는 조심스레 눈을 감았다. 여자는 눈을 감고 있을 때 다른 사람의 그림자를 느낀 적이 있었는지 떠올려보려 애썼다. 불이 켜지는 순간, 태양의 동그라미가 까맣게 떠오르는 순간은 있었지만 어둠 속에서 누군가의 그림자를 느낀 적은 없는 것 같았다.

갸우뚱하고 여자의 몸이 뒤로 넘어갔다. 여자는 번쩍 눈을 떴다.

"죄송해요. 아줌마가 그렇게 앉아 있으니까 갑자기 밀고 싶었어요."

"나, 아줌마 아니야. 언니라고 하면 용서해줄게."

"네. 언니, 죄송해요."

"언니 좀 일으켜주지 않을래?"

아이는 나뭇가지를 내려놓고 일어나 여자의 손을 당겼다. 아이가 낼 수 있는 최대한의 힘으로 여자를 당겼을 때야 여자는 으샤, 하고 일어났다. 아이는 다시 쭈그리고 앉아 시멘트 바닥에 낀 이끼를 나뭇가지로 긁어댔다.

여자는 다시 걷기 시작했다. 한참을 걸어도 예전에 여자가 좋아했던 새파란 대문은 찾을 수가 없었다. 집과 대문이 통째로 사라졌을지도 몰랐고, 대문을 다른 색으로 칠했는지도 모르는 일이었다. 여자가 아까 그 자리로 되돌아왔다는 걸 알아챈 것은 아이가 쭈그리고 앉아 자전거의 페달을 거꾸로 돌리고 있었기 때문이다. 멈춰져 있는 자전거의 페달을 거꾸로 돌리면 바퀴는 돌지 않았다. "뭐하고 있니?" 여자는 아이에게 말을 걸었다.

"심심해서요. 아줌마를 기다리고 있었어요."

"언니라니까. 언니라고 하면 언니 옆에서 따라 걸어도 좋다고 허락해줄게."

여자는 다시 걷기 시작했다. 아이가 잽싸게 여자의 옆에 섰다. 아이는 힘든 기색 없이 한참을 따라 걸었다. 여자는 골목 한켠에 쭈그려 앉아 지는 태양을 바라보았다. 눈을 감으니 어둠 속에서 동그란 태양이 두둥실 떠올랐다. 문득 어둠 속에서 누군가의 작은 그림자가 느껴지는 것 같았다.

갸우뚱하고 여자의 몸이 뒤로 넘어갔다.

94

푸른 것은 많은 것들의 어미이고 희망이다.
하지만 아오이가든(푸른 정원)의 그 무엇도 결코 푸르지 않다.
고양이 배에서 쏟아지는 붉고 맑은 피, 어미의 엉덩이 뒤에 붙은 붉은 핏자국,
누이가 낳은 붉은 개구리, 푸른 것이 꿈꾸게 하는 것들을 찾아 나는 폴짝,
쓰레기더미가 가득한 밖으로 몸을 던진다.

광진구 능동 어린이대공원
록

록2 : Rock

'너답다'라는 말에 대한 사람들의 반응은 늘 다르다. "그런 100
가?" 하며 그저 허허~ 웃어넘기기도 하고, "나다운 게 뭔데?" 하
며 불쾌감을 표시하기도 한다. 그건 아마 '~답다'라는 말이 품는
'고유성' 때문이 아닐까. 나만의 고유한 성질을 가졌다는 것은 기
쁜 일이다. 하지만 한 존재가 고유의 범주를 벗어나지 못할 때 '답
다'는 하나의 장벽이나 틀이기도 하다. 그래서 '답다'라는 말은 때
론 칭찬으로 때론 질타로 받아들여진다.

'서울답다'라는 말을 하면, 오래된 궁이 떠오르기도, 거대한 빌
딩이 떠오르기도 한다. 아니 아무런 이미지도 떠오르지 않기도 한
다. 지금의 서울은 서울다운 고유성을 갖고 있지 못하다. 가장 서
울답던 풍경은 근대화 이후 사라진 지 오래고, 그렇다고 고층빌딩
숲을 서울의 고유함으로 말하기는 어렵다. 어느 순간, 서울은 고
유성을 잃어버렸다. 새로 만드는 공간이나 건물들은 '유럽풍', '서양
식' 등을 최고의 수식어로 여기는 듯 설계되고 홍보된다. 사람들도
마찬가지다. 왜 그런 습관이나 문화가 생겼는지 알지 못한 채 '파

리지앵'이나 '뉴요커'의 행동 방식을 열심히 따라 한다.

서울과 서울 사람들은 '나다움'을 잃었다. 이만큼 성장했다, 강해졌다, 이 정도의 생활수준을 영위하고 있다는 것을 보여주기에 바쁘다. 보여주기 위해 만들어낸 것들에 흡족해하는 사이, 가장 우리답던 것들은 어디론가 사라져갔다. 풍경뿐 아니라 문화와 생활양식에 있어서도 서울다움을 상실한 것이다. 유럽의 어느 도시, 미국의 어느 도시와 뒤범벅되어 구별조차 하기 어렵다.

101

어린이대공원의 음악 분수를 구경하다가 분수 앞에서 뛰어노는 아이들을 구경한 적이 있다. 유치원에서 소풍을 왔는지 원복을 입고 분수 앞에 서 있다. 음악 분수에서 노래가 나오자 음악에 맞춰 물줄기가 춤을 춘다. 그때부터 아이들은 춤을 추기 시작한다. 음악에 취해, 물소리에 취해 연신 엉덩이를 씰룩거리며 춤을 춘다. 신이 났는지 여기저기서 까르르 웃음 소리가 터져나온다. 그 모습에 같이 히죽이며 웃다가, '참 아이답다' 하고 생각했다. 아이들은 어떤 시선도 의식하지 않고, 움직이고 싶은 대로 춤추고, 말하고 싶은 대로 흥얼거렸다. 신이 나는 만큼 크게 웃었다. 그 순간의 감흥은 참 자연스러웠다.

서울과 서울 사람들 마음속에도 작은 음악 분수가 필요한지 모른다. 동경하고 좇기에 바빴던 것에서 벗어나 가장 나답고 우리다운 것이 무엇인지 떠올려볼 필요가 있다. 마음속에 들려오는 음악 소리에 씰룩~거리며 몸을 흔들어보는 것이다.

다른 사람이 흉내낼 수 없는 그녀의 특별한 재능은
바로 그런 한없이 평범하고 무의미한 것들,
끊임없이 변화하며 덧없이 스러져버리는 세상의 온갖 사물과 현상을
자신의 오감을 통해 감지해내는 것이었다.

— 천명관 「고래」 중에서

엄마는 내가 물을 싫어한다는 걸 알고 있었잖아? 놀이터와 동네 곳곳을 뛰어다니며 넘어지고 구르다보면 어느새 옷도 얼굴도 흙투성이가 되곤 했지. 꼬질꼬질한 모습으로 집으로 돌아오는 나를 보면 엄마는 늘 경악했잖아. 빨리 씻자고 내 옷을 벗겨내는 엄마의 손에서 벗어나기 위해 나는 기를 쓰고 도망쳤어. 뭐 작은 집에서 도망쳐봐야 금세 잡히기 일쑤였지만 말이야. 목욕하기 싫어! 악을 쓰며 방방 뛰곤 했지. 그때마다 엄마는 늘 단호한 표정으로 나를 바라보았어. 목욕하면 맛있는 초코과자 사줄 거야? 응? 기가 죽어 협상안을 제시하는 쪽은 늘 나였지.

엄마. 엄마는 내가 처음 다니게 된 학원을 어떻게 그만두게 되었는지 기억하고 있잖아? 수영장. 내가 최초로 누군가에게 돈을 지불하는 가르침을 받게 된 곳이었지. 하지만 나는 싫었어. 속옷만 두르고 하나 둘 하나 둘 발장구를 치는 또래 녀석들의 움직임이 싫었어. 그 순간 물이 튀어 내 몸에 닿는 것도, 어지러울 만큼 일렁이던 하늘빛 물을 바라보는 것도 나는 싫었어. 나는 수영장에 갈 시간이면 배가 아프다고 이불 속에서 꼬물거리기도 했지. 몇 번이고 꾀병을 부리고 떼를 써봐도 어느새 엄마의 손에 이끌려 수영장에 도착해 있었어. 그러다 며칠을 잠잠히 수영장을 다니는 나를 보고 엄마는 조금 의아해했지. 그러면서도 내 엉덩이를 톡톡 두드리며 초코가 묻은 막대과자를 손에 쥐어주었지. 엄마는 그때까지도 몰랐을 거야. 수영 강습 선생님이 물에 들어가지 않겠다는 나를 데리고 얼마나 애를 썼는지, 그리고 며칠을 몰래 고민하던 꿍꿍이가 뭐였는지. 내일 오후쯤이면 내 문제를 가지고 선생님이 전화를 걸어오리라는 것도 말이야. 내가 떠올려낸 방법은 선생님 지시를 듣지 않고 계속 잠수만 하는 거였어. 아이들이 호루라기 소리

에 맞춰 첨벙첨벙 발을 구르는 동안 나는 잠수를 했어. 몇 분이 지났는
데도 내가 나오지 않은 걸 알아챈 선생님은 겁에 질린 목소리로 내 이
름을 불러댔어. 몇 분은 더 참을 수 있을 것 같았지만 선생님이 물속
으로 들어오는 걸 느끼고는 죽은 사람처럼 몸에 힘을 빼고 눈을 감았
어. 그날 밤 걸려온 선생님의 전화에 엄마는 끝내 웃음 지으며 해녀라
도 시켜야 될 뻔했다고, 죄송하다고, 학원은 그만 수강하겠다고 말하
곤 전화를 끊었어. 긴 투쟁에서 승리한 나는 기가 산 표정으로 온 집안
을 뛰어다녔지.

　　엄마. 엄마는 내가 물을 싫어한다는 걸 알고 있었잖아? 그런데 왜　　104
그렇게 차가운 물속으로 갔어? 학교에서 돌아오는 길에 바람결에 누군
가의 말소리가 따라왔어. '지윤이 엄마가 저수지에 빠졌다지 뭐야?' 나
는 집을 향해 뛰기 시작했어. 엄마와 텔레비전에서 보던 드라마들을
떠올려 봤어. 엄마에게 앙심을 품은 누군가가 엄마를 밀었을까? 아니
면 아빠에게 애인이 생겨 엄마가 물속으로 들어간 걸까? 무수한 이야
기가 떠다녔어. 집에 도착하면, 바람결에 이야기가 날아오는 상상을 했
다고, 드라마 같은 무수한 이야기들을 떠올렸다고, 그러니 해녀보다는
작가가 되는 편이 어떻겠냐고 이야기해줘야지. 엄마를 붙잡고 꼭 말해
줘야지, 하며 달렸어. 엄마, 엄마는 왜 물속으로 갔어? 내가 물을 싫어
하는 걸 알고 있었구나? 그러니 엄마가 물속으로 가면 내가 따라가지
않을 거라 생각한 거야? 엄마, 울렁이는 물결을 보는 건 싫어. 그 투명
하고 찬 것이 내 몸에 와 닿는 것은 더욱 싫어. 엄마가 식탁 위에 올려
둔 초코과자는 주머니에 넣었어. 엄마를 만나면 함께 나누어 먹을 생
각에 아직 봉지도 뜯지 않았어. 그러니까 조금만 기다려 엄마. 몇 분이
고 참고 헤엄칠 수 있어. 조금만 기다려줘.

록을 즐기는 가장 좋은 방법은 몸이 움직이는 대로 움직이는 것이다.
손가락이 까딱까딱, 머리가 흔들흔들할 것이다.
당신 스스로가 그 반응들에 예민해진다면,
당신은 당신과 당신을 둘러싼 세상까지 온전히 받아들일 수 있을 것이다.
움직이고 싶은 대로 그저 춤, 추는 것이다.

종로구 사직동 사직터널과 인근 못

못 1 : cannot

우리는 살면서 끊임없이 누군가와 만나 감정을 나누고 소통한
다. 어떤 경험은 무척이나 새롭고 강렬한 것이라 평생을 잊지 못한
다. 하지만 그 모든 것은 흐릿해지기 마련. 순간의 공기, 나누었던
대화, 지나친 풍경들 같은 자세한 기억들은 흐릿해진다. 특별하기
만 했던 순간도 구체적인 부분은 모두 날아가버리고, 2012년 같은
하나의 해年로, 여름 같은 하나의 계절로만 남는다. 하지만 어쩔
수 없다. 모든 것을 기억할 수는 없다. 지나간 날들은 조금씩 잊히
고, 새로운 경험들이 최근의 기억으로 쌓인다.

많은 것들이 잊히고 빛을 바란다 해도 새로운 경험을 안겨주었
던 그 '사람'만은 쉽게 흐릿해지지 않는다. 기억이 특별하다면 그
사람 역시 좋은 사람으로 남는다. 여러 명의 좋은 사람들이 기억
속에서 함께 살고 있다. 나와 닮은 듯 그러나 닮지 않은 듯했던 그
들은, 내게 새로운 말을 속삭였다. 때로는 충격적인 사고思考를 보
여주며 나를 변화시켰다.

그중 한 친구는 틀과 굴레를 갖지 않은 녀석이었다. 규칙에 충실하고 타인의 시선에 얽매어 있던 나에 비해 그 친구는 늘 자신의 기준으로 판단하고 행동했다. 하루는 그 친구와 함께 학교 벤치에 앉아 있었다. 무슨 이야기를 나누다가, 친구는 낼 수 있는 가장 큰 목소리로 소리를 질러보라 말했다. 지나가는 사람들이 신경 쓰여 적당히 큰 소리를 질렀다. 녀석은 그런 내가 갑갑했는지 소리를 내질렀고 몇몇 사람들이 뒤를 돌아보았다. 순간 나는 스스로의 한계에 대해 생각했다. 늘 사람들의 시선을 의식하며 사는 스스로가 부끄러워졌다. 도덕의 굴레와 타인의 시선 때문에 하지 못했던 일들이 스쳐 지나갔다. 이대로는 정말 할 수 없겠구나, 내가 못하는 걸 이 아이는 하는구나, 하며 녀석을 보았다.

강렬했던 그날의 기억이 불현듯 마음속에 쏟아진 건 사직터널을 지날 때였다. 터널 안 인도를 걷는데 녀석과의 일들이 떠올랐다. 아! 더 크게 아! 낼 수 있는 가장 큰 소리로 외쳤다. 터널은 아− 하고 오래 울었다. 지난날 깨지 못했던 모든 것들을 깨내는 기분. 아마도 그곳이 터널이었기에 가능했을지도 모른다. 공간과 공간을 연결하는 '중간의 공간'이었기에. 만화나 영화에서 터널은 흔히 다른 세계와의 연결을 보여주는 데, 정말이지 사직터널을 통과한 후에는 다른 세계에 도착한 듯했다. 그만큼 스스로에 대한 느낌은 바뀌어 있었다. 터널을 통과해 바라보는 사직동의 모습은 새롭게 다가왔다. 그래서 나는 사직터널을 이야기한다. 그 길을 지나면 당신도, 세상도 조금은 달라져 있지 않겠냐고 말이다.

비록 형편없는 기억력 탓에 중간중간
여러 개의 톱니바퀴가 빠진 것처럼 보이긴 하겠지만,
어쨌든 인생은 서로 물고 물리는 톱니바퀴 장치와 같으니까.
모든 일에는 흔적이 남게 마련이고,
그러므로 우리는 조금 시간이 지난 뒤에야 최초의 톱니바퀴가 무엇인지 알게 된다.

— 김연수 「세계의 끝 여자친구」 중에서

"빤 더 빤!"

몇 번이나 말했지만 아줌마는 알아듣지 못하겠다는 표정으로 우리를 쳐다보았다. 수박을 사러 온 한국인 유학생들이 낑낑대며 무언가를 설명하려는 게 재미났는지 입꼬리가 살짝 올라갔다. 손동작까지 동원하여 빤, 빤 더 빤을 보여준 후에야 우리는 수박 1/4통을 살 수 있었다. '반의 반'이라는 한국식 표현을 중국어로 그대로 옮겼던 것인데, 중국인들은 그런 표현을 자주 쓰지 않는 모양이었다. 과일가게 옆 차양 아래에서 수박을 나누어 먹었다. 하얼빈의 여름 날씨는 못 견디게 맑은 날 아니면 비가 억수로 내리는 날, 둘 뿐이었다. 기숙사 안에서 시간을 보내기에는 지나치게 맑은 하늘 탓에 우리는 밖으로 나올 수밖에 없었다. 그렇다고 마땅히 할 일이 있던 것은 아니었다. 학교 안의 마트나 농구장 주변을 배회하다가 한국 수박 가격의 빤 더 빤 가격 밖에 안 되는 수박을 사먹는 게 보통이었다. 수박 1/4 통을 달라는 우리의 말을 이해한 아줌마는 1/4을 지칭하는 중국어 표현을 알려주었다. 우리는 아줌마의 말을 몇 번 따라 해보았지만, 저녁쯤이 되었을 때 그 표현을 기억하는 사람은 한 명도 없었다. 수박을 다 먹은 후에 우리는 구름이 떠가는 걸 한참이나 보았다. 한 녀석이 강변에 앉아 바람을 쐬고 싶다고 말했다. 우리는 '빤 더 빤' 수박 껍데기를 쓰레기통에 넣어버렸다. 수박 물이 묻은 끈적이는 손을 대충 비비고 64번 버스에 올랐다.

녀석들을 다시 만난 건 송화강 앞에 있는 방홍기념탑 아래였다. "혼자 어딜 돌아다니다 온 거야! 핸드폰도 안 되고 걱정했잖아. 여기서 기다리길 잘했네. 어휴." 운동화 아래의 땅이 비정상적으로 단단하게 느껴졌다. 송화강 변으로 가기 위해 걷는 도중 나는 한 가게의 쇼윈도에 바짝 붙어 섰다. 구경을 하는 와중에도 앞서가는 아이들의 뒤통수

를 놓칠세라 걱정이 됐다. 부랴부랴 아이들을 뒤쫓아 가려는데 발이

잘 떨어지지 않았다. 끈적. 힘을 꽉 주자 끈적끈적한 소리를 내며 발이

떨어졌다. 하얼빈에 온 지 3주도 지났지만 나는 그 순간 처음으로 내가

한국이 아닌 하얼빈에 있다는 생각을 했다. 그러다 문득 하얼빈의 시

끄러운 자동차 경적 소리도, 땀내 가득한 만원버스도, 빤 더 빤짜리

수박도 못 견딜 만큼 사랑하게 되어버렸다. 하얼빈 중앙대가의 거리 한

켠에 남은 내 발자국을 보고 있자니 입꼬리가 살짝 올라갔다. 앞서가

던 아이들의 뒤통수는 이미 사라지고 없었다. 내가 지금 여기에 있다.

나는 소리 내어 말해보았다. 그리고는 채 마르지 못한 시멘트 바닥 위   114

에 살포시 발끝을 올렸다. 꾸욱, 하고 빤 더 빤짜리 발자국을 남겼다.

그러다 나는 송화강 변에 앉아 바람이 쐬고 싶어졌다.

어떻게 해서 '우연'의 순간과 마주했는지 우리는 알지 못한다.
하지만 우리가 기억하지 못하는 모든 필연의 조건이 모여,
하지 못했던 일을 하게 되는 순간이 온다.
우연히 들어간 사직터널에서 소리를 지를 수 있었던 것은
그 친구를 잊지 않았다는 점에서 필연적이다. 우연과 필연은 다르지 않다.

115

용산구 용산동 전쟁기념관
못

못 2 : nail

한국전쟁으로부터 반 백 년 이상의 시간이 흘렀다. 전쟁을 겪은 세대로부터 두 세대가 더 나고 자랐을 시간. 한 세대의 전부였을 전쟁은, 세대를 거치며 희미해져 간다. 조금씩 타인의 이야기가 되어간다. 국사는 선택 과목이 되어 공부하거나 공부하지 않거나 한 과목의 일부가 되었고, 한국전쟁의 발발 연도를 알지 못하는 학생들은 늘어만 간다.

재밌는 건, 그 학생들이 친구들과 삼삼오오 모여 영화관을 찾고, 한국전쟁을 소재로 한 영화들의 객석을 채운다는 것이다. 하지만 영화가 끝난 후 영화 속의 배우나 명장면은 회자되어도, 전쟁 그 자체는 기억되지 못한다. 전쟁의 발발, 과정, 피해 같은 사실들은 잊히고, 전쟁 속에 떠돌던 소문과 이야기들만이 남겨진다. 물론 전쟁 속의 이야기가 기억되는 과정도 중요하다. 하지만 이야기를 접하는 사람에게 사실에 대한 정보가 없는 상황에서 주어지는 이야기들은 확장되고 축소된다. 왜곡된다. 마침내 학생들은 픽션만 기억할 수도 있다.

나 또한 전쟁을 알지 못한다. 전쟁을 직접 겪은 할머니 할아버지 세대, 전후 베이비붐으로 태어난 아버지 어머니의 세대, 그 다음 세대인 나는 전쟁을 직접 겪지도 영향을 받지도 않았다. 다만 좋아라 하는 '서울'에서 느꼈던 것만을 이야기하고 있을 뿐이다. 사실 서울 풍경에서도 이제는 한국전쟁의 기억을 찾기는 어렵다. 대부분의 공간들은 재개발, 재건축으로 새롭게 태어났다. 전쟁의 시간을 겪은 사람들 또한 서울 시내를 활보하지 않는다. 집과 한적한 공원에서 노후를 보낸다. 그렇기에 전쟁기념관에서 보았던 풍경들은 더욱 사실적이고 강렬하게 전쟁에 대해 이야기하고 있는 듯했다.

전쟁기념관 야외 전시장의 참수리 375호와 형제의 상 앞에서는 마음이 저릿저릿했다. 그것들은 전쟁을 겪지 못한 이들의 마음까지 움직인다. 참수리 375호에 뚫린 총탄 자국들. 그 구멍들을 붉은색으로 칠해두어 더욱 강렬하다. 실제로 참수리호에서 날아오는 총알을 목격하고, 공포의 소리에 휩싸였을 병사들의 두려움이 그대로 엄습해왔다. 또 서로 총부리를 겨누고 싸우다 다시 만난 형제의 이야기가 전해지는 형제의 상 앞에서는 가족과의 이별과 만남의 순간이 떠올라 마음이 아려왔다. 전쟁기념관에서의 경험은 전쟁을 겪은 이들의 마음을 조금이나마 함께 느끼고 이해하게 해주었다. 전쟁의 순간과 감정들을 실제로 겪고 느꼈던 사람들의 마음은 얼마나 무섭고 아팠을까. 가슴속에 못 박힌 상처들은 얼마나 오랜 시간 동안 그들을 아프게 해왔을까.

뜻깊은 일이나 훌륭한 인물을 오래도록 잊지 않고 마음에 간직한다는 뜻의 '기념'. 세상의 많은 사실과 진실, 이야기들은 잊히게 마련이다. 그게 인간의 한계이고 기억의 한계이다. 그럼에도 우리가 오늘을 사는 것은 그 죽음들을 잊지 않기 위해 애쓰는 마음이 있는 탓이다. 서울이 한국전쟁을 기념했고, 해야만 하는 이유다.

나는 오랫동안 간직해온 죽음의 상자를
주머니에서 꺼내 검은 강을 향해 힘껏 던진다.
그 갑은 너무 작아서 허공에 어떤 선을 그었는지,
한강에 무슨 파문을 일으켰는지도 보이지 않는다.
그가 죽고 내가 죽는다 해도 이 세상엔 그만한 흔적도 남기지 못할 것이다.

— 박완서 「친절한 복희씨」 중에서

사람들은 내가 그녀와 도망을 쳤다고 생각했다. 그녀의 부모님은 언제나 나를 탐탁지 않아 하셨다. 둘이 도망이라도 가지 그래? 친구들은 날 위로한답시고 웃으며 장난을 치곤 했다. 물론 그녀의 손을 붙잡고 우리를 아는 사람이 없는 곳으로 도망치고 싶었던 순간이 한두 번이 아니다. 아버지 없이 자란 것이 문제인지, 변변치 않은 돈벌이가 문제인지, 땅딸만한 키가 문제인지 나는 모르겠다. 다만 그 반대가 오랜 시간 계속되어 왔고, 그녀와 내가 지쳐가고 있다는 것을 나는 알았다. 하지만 도망치지 않았다. 도망칠 수 없었다. 그것이 진정으로 그녀와의 사랑을 지키는 일인지 자신할 수 없었던 탓이다.

124

사람들은 내가 사라진 것을 모르고 있었다. 친구는 많지 않았다. 말없이 사라져버렸던 아버지를 생각하며 나는 그 누구와도 관계를 맺고 싶지 않았다. 친구를 사귀는 일은 어려웠다. 그러나 그것이 진짜 아버지 때문인지 나는 모르겠다. 어찌어찌 내 곁을 지켜준 몇몇 친구들만이 서른둘의 나를 지킬 뿐이었다. 친구들은 수차례 전화를 걸어왔고 몇 통의 문자 메시지를 남겼다. 답은 하지 않았다. 하고 싶지 않았다. 물론 회사에서도 나를 찾는 전화가 왔다. 그들이 찾는 게 내가 아니라 내가 할 일을 맡아 하는 사람이라는 것을 알기에 그저 웃음이 났다. 몇몇 친구들과 회사 사람들을 빼면 내가 사라진 것을 모를 일이었다. 아버지는 사라졌고, 어머니는 3년 전 돌아가셨고, 그녀와는 나흘 전 밤, 헤어졌다.

손잡이가 떨어졌기 때문이었다. 밖으로 나가지 않은 것도, 출근을 하지 않은 것도 모두 그 때문이었다. 우리 그냥 헤어지자. 황급히 혹은 천천히 내 방문을 닫고 떠나던 그녀의 뒷모습 때문이 아니었다. 그녀의 뒤를 좇으려 닫혀 있는 방문의 고리를 잡는 순간, 손잡이는 떨어졌다.

쏙. 아니 뚝. 아니, 어떤 느낌이었는지 기억나지 않는다. 그냥 손잡이가 떨어졌다. 그때부터 문은 열 수 없었고, 문은 열고 싶지 않았다. 그녀의 반짝이던 눈망울을 데리고 어디론가 떠났다면 이런 순간은 오지 않았을까? 아니 어렸을 적 우유를 많이 마시고 키가 컸다면? 공부를 더 열심히 해 돈을 많이 주는 회사에 취직했다면? 아니, 그 어느 날 아버지가 말없이 사라지지 않았다면 이런 순간은 오지 않았을까? 떨어져 나간 손잡이만 붙들고 되묻고 또 되물었다. 그러다 문득, 아버지가 떠올랐다. 아버지의 손잡이가 뚝 아니 쏙 떨어졌던 것은 아닐까. 손잡이가 떨어졌기 때문이 아니었을까. 탐탁지 않은 나의 조건들은 그 순간에서 비롯된 것이었을까. 그렇게 아버지는 우리가 알 수 없는 어느 방엔가 갇혀 문을 열지 못하고, 떨어져 나간 손잡이만 붙들고 되묻고 있는 건 아닌지 문득 나는 생각했다.

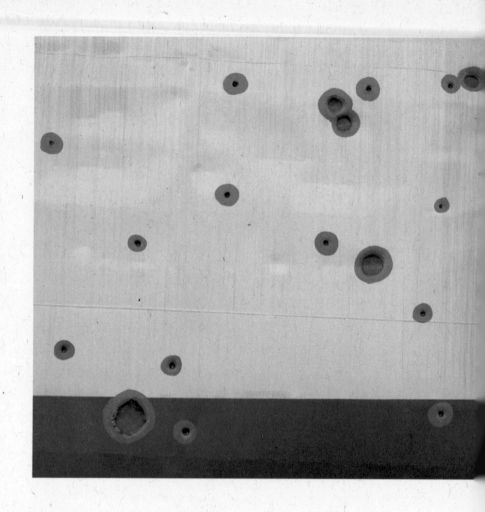

용산구 용산동 : 못

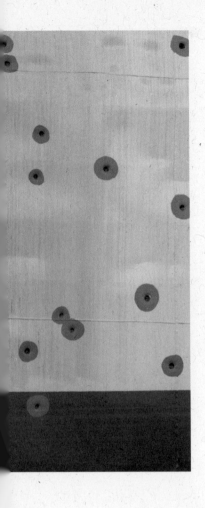

죽음을 줄 수 있는 까만 고약의 존재는 평생 복희씨를 살게 했다.
언제든 죽을 수 있다는 생의 희망이
그녀의 못 박힌 가슴에 치유가 된 터였다.
그래서 전쟁을 기념하는 전쟁기념관과
삶을 위로하는 복희씨의 죽음의 약은 많이도 닮았다.

강남구 역삼1동 강남대로
비

비1 : 아니다

서울에 사람이 이렇게 많았던가. 몇 사람의 어깨와 부딪히고 나서야 문득 떠오른다. 대한민국 인구의 20~25퍼센트가 서울에 살고 있음이. 서울은 매일같이 천만 번 이상 잠들고 깨고, 천만 번 이상 식사를 하고, 천만 번 이상 화장실에 가고, 천만 번 이상 생각에 잠긴다.

강남대로를 걷다가 대로大路가 좁아서 몇 번이나 사람들과 부딪쳤다. 그쯤 되면 대로 위 사람들의 존재가 그 자체로 짜증스러워진다. 어깨와 어깨는 서로를 경계하고, 밀치고, 증오한다. 서울에 사람이 그렇게나 많다.

서울엔 사람이 참 많고, 강남대로 인근에도 사람은 많다. 정신을 똑바로 차리지 않으면 일행과 멀어지기도 하고, 넋을 놓고 걷다가는 수십 명의 사람들 마음속에 오늘 가장 짜증났던 한 사람으로 기억될지도 모른다. 수백의 사람들이 각자의 지표를 따라 걷는다. 누구nobody도 누구somebody의 방향에 관심을 갖지 않는다. 사람들은 모두 어딘가로 가고 있고, 서로를 궁금해하지 않는다. 대로에서 마주치는 모든 이는 오는 길에 지났던 풍경이나 사물에 불과할지도 모른다. 대로를 지나던 그 누구everybody도 누구nobody에게 기억되지 못한다. 스쳐가는 순간 속에 우리는 우리일 수 없다. 아무것도 아니다. 내 앞길을 막았던 키가 큰 것, 내 어깨와 부딪히고 갔던 뚱뚱한 것, 내 앞에서 담배연기를 뿜던 새카만 것…… 딱 이 정도의 존재로 기억된다. 스스로 세상에서 가장 하찮고 짜증스러운 존재가 되었다 해도 속상할 필요는 없다. 당신이 내게 무엇도 아니듯 나 또한 당신에게 아무것도 아닌, 그뿐이다.

얼굴조차 제대로 보고 스치기도 어려운 강남대로에서 우연히 친구와 마주쳤다. 가끔 연락만 하고 막상 만나지 못한 시간이 길어졌었는데, 강남 한복판에서 아무런 연락도 없이, 예고도 없이 마주쳤다. 그때의 반가움과 얼떨떨함은 강렬했지만, 그 역시도 오래가진 못했다. 대로에 서서 친구와 반가움의 인사를 전하는 사이에도 우리는 누군가의 짜증이 되었기 때문이었다. 대로를 지나는 수백의 사람들에게 우리는 길을 막고 있는 것, 그 이상도 이하도 아니었다. 다시 연락을 하자는 인사만 짧게 전하고 친구는 사람들의 물결 속으로 쓸려 사라져갔다.

친구를 그렇게 보내고 나서야 알았다. 몇 번이나 부딪혀 지나갔던 어깨들, 몇 번이나 짜증내고 증오했던 대로 위의 존재들. 그들은 그저 '나'였다는 것을 말이다(누군가의 딸, 친구, 연인, 동생, 선배, 후배일 나. 언제고 우연히 마주할 법한 그 누구. 함부로 증오받을 수 없는 존재들. 어디론가 향해 걷던 또 다른 나였던 것이다). 강남대로 위에서 어깨를 스쳐간 이들의 방향과 이야기를 기억했어야 했다.

서울엔 이렇게나 사람이 많고, 수백의 발걸음이 뒤섞인 강남대로에선 서로의 존재가 혐오일 뿐, 우리는 그 무엇도 아니다. 대로 위에서 사람들의 표정을 바라본다. 발걸음이 급한 이에게 살짝 길을 양보하고, 내 어깨와 맞닿은 다른 어깨에, 미안하다는 인사를 전해본다.

134

결국 모든 인간은 상습범이 아닐까, 나는 생각했다.
상습적으로 전철을 타고, 상습적으로 일을 하고, 상습적으로 밥을 먹고,
상습적으로 돈을 벌고, 상습적으로 놀고, 상습적으로 (중략) 그리고
상습적으로, 죽는다. 승일아. 온몸으로 밀어, 온몸으로!

— 박민규, 「그렇습니까? 기린입니다」 중에서

나는 모든 사람들이 흐릿한 모습을 가졌다고 생각했어요. 처음부터 그랬죠. "엄마라고 해봐. 엄~마~." 엄마가 내게 말할 때면 엄마의 얼굴보다 목소리가 더욱 선명했어요. 엄마의 얼굴, 눈동자는 흐릿했어요. 엄마가 내게 뽀뽀해주려 다가오는 순간에만 나는 엄마의 또렷한 콧날, 또렷한 눈망울을 볼 수 있었죠. 반가웠어요. 음~마. 마. 엄~마. 나는 엄마를 불러보았죠. 처음 엄마를 불렀을 때 엄마는 기뻐했어요. 아빠에게 전화를 걸어 이야기하던 엄마의 모습이 흐릿하게 기억나요. 그 이후로는 셀 수 없이 불렀겠죠. 엄마. 엄마. 엄마 말이에요.

나는 주의력이 모자란 건 아닌가 하는 어른들의 걱정을 자주 들었어요. 나는 엄마 아빠나 할머니 할아버지가 몇 번을 불러도 잘 알아채지 못했어요. 늘 허공을 바라보곤 했죠. 하지만 내가 그저 멍하니 있다가 사람들의 목소리를 놓친 건 아니에요. 저 멀리 흐릿한 것이 무엇인지 오랫동안 바라보고, 또 상상해 보았을 뿐이죠. 나를 둘러싼 것들은 언제나 희뿌연 형상만을 가졌으니까요. 나는 다른 사람들도 나와 같을 거라고 생각했어요. 또 나는 미술에는 영 소질이 없는 것 같다는 유치원 선생님의 말을 몰래 듣기도 했어요. 내 그림에는 언제나 뚜렷한 형상이 없었죠. 모서리나 선은 없는 세상이에요. 산도 둥글둥글, 나무도 둥글둥글, 사람들도 둥글둥글. 내가 보았던 세상을 잘 그린 것 같은데 어른들이 보기엔 내가 그렇게나 소질이 없나봐요.

멀리서 다가오던 사람은 엄마 같았어요. 허리까지 내려오는 긴 생머리, 엄마가 즐겨 입는 빨강 티셔츠, 베이지색 반바지, 하얀 운동화. 유치원에서 걸어오는 길이면 엄마는 주로 그런 모습으로 내게 뛰어오곤 했어요. 그러고는 '미안, 엄마가 좀 늦었지' 하고 나를 꼬옥 안아주는 거예요. 엄마의 형상은 조금씩 가까워졌어요. 얼굴은 알아볼 수 없었지만, 나는 엄마가 분명하다고 생각했어요. 나는 엄마에게 장난을 치고 싶었죠. 나는 옆 골목길로 들어갔어요. 의류함과 재활용 쓰레기 수거함 사이의 공간에 몸을 숨겼어요. 나는 엄마의 얼굴보다 목소리에 민감한 아이였지만, 아무리 기다려도 엄마가 나를 부르는 소리는 들리지 않았어요. 등을 타고 땀이 흐르는 것 같았어요. 시원한 아이스크림이 먹고 싶어져서야 나는 큰길로 나왔죠. 나를 데리러 나왔던 엄마의 형상은 어디에도 없었어요. 또렷한 그 콧날, 눈망울이 어디로 갔을까. 나는 집으로 가는 길을 따라 달리기 시작했어요. 등을 타고 땀이 흘렀죠. 엄마의 형상을 찾아. 마. 마. 음~마. 엄마. 나는 엄마를 불렀어요. 엄마 말이에요.

강남구 역삼1동 : 비

복작거리는 세상에서 저마다의 산수를 하며 살아가는 사람들.
그 상습적 일상에서 마주하는 사람들은 아무것도 아닌 존재다.
강남대로, 신도림역에서 푸시push하던 어깨들이 그렇다. 하지만 기억하자.
상습적으로 밀고 부딪힌다면,
그들 또한 '나'의 아버지처럼 사라져버릴 수도 있는 일이다,

종로구 가회동 북촌
비

비 2 : be 되다

한옥이라 함은 한국의 가옥을 뜻하는 말일 텐데, 지금의 한옥
은 대부분 유적과 같은 존재가 되었다. 전통적인 한옥은 한국인들
조차 접하기 어려운 가옥 형태다. 한옥마을은 외국인뿐만 아니라
한국인들도 많이 찾는 일종의 관람, 관광의 대상이 되었다. 전통
한옥을 체험하는 행사가 열리기도 하고, 사람들은 전통 한옥을 보
면 삼삼오오 모여 사진을 찍는다. 한옥이라 함은 한국의 가옥을
뜻하는 말일 텐데, 그렇다면 지금의 한옥은 연립주택이나 아파트
라 해야 하는 것일까.

경복궁의 동북쪽에도 한옥마을이 있다. 북촌. 남산 아래 남촌
에 가난한 선비들이 모여 살았다면, 북촌에는 부유한 선비들과
왕실 고위 관료들이 살았다고 한다. 그래서인지 남촌과 달리 북촌
에는 상대적으로 고급의 한옥들이 지어졌다. 한옥마을이 지금까
지 이어져와 '북촌 한옥마을'을 이룬 것일 테다. 또 한옥이 많이 사
라지자 한옥을 지키고 살리자는 취지에서 서울시는 '북촌 가꾸기
사업'으로 북촌 한옥마을을 재정비했다. 오래된 한옥들은 지원금

을 받아 보수했고, 새로운 한옥들이 더 지어지기도 했다. 그 과정에서 북촌의 한옥은 예전의 두 배 가까이 수가 늘었다. 긴 시간을 거치고 가회동 북촌 한옥마을은 한국인이 많이 구경하는 한국의 가옥 단지가 되었다. 서울을 소개하는 책과 사이트에서 북촌 한옥마을은 절대 빠지지 않는 하나의 관광 코스다.

북촌 한옥마을을 찾는 사람이 늘어나자 그곳은 또 한 번의 변화를 겪었다. 북촌이 주목받자 한옥마을이 투자와 투기의 대상이 되어버린 것이다. 한옥은 부동산으로서 비싼 값에 거래되기 시작했다. 주거의 의미는 조금씩 사라지고, 한옥을 사고파는 투자의 의미가 커져만 갔다. 부유층들이 별장처럼 한옥마을의 한옥을 쓰고 있다고도 한다. 그래서인지 북촌 한옥마을에는 '마을'의 느낌은 없고 '조성단지' 같은 느낌이 자라나고 있다. 누군가가 살아가기 위한 공간인 집의 실제 존재 이유는 없어지고, 누군가에게 보여주기 위한 공간으로 존재하게 된 것이다.

앞으로 북촌 한옥마을이 무엇이 되고, 한옥의 의미가 무엇이 될지는 알 수 없다. 적어도 투기의 대상이 되지는 않았으면 하고, 오래된 유적지처럼 터만 남지 않기를 바라는 바다. 마루에 바람이 시원하게 드나드는, 지붕 끝에 매달린 빗방울이 보이는, 작은 마당에 나무가 자라는, 한옥에서 사는 날을 꿈꾸어 본다. 한옥이라 함은 한국의 가옥을 뜻하는 말일 테니, 북촌 한옥마을은 '한국인'이 한옥에 '사는' 꿈을 꾸게 하는 존재가 되길 바라본다.

145

김사장의 쇳덩어리 같은 팔뚝에 새겨진 푸르스름한 자국을 보았을 때
나는 한번도 느껴보지 못한 야릇한 기분이 들었다.
그에게서는 철공소에서 용접하는 사람에게 맡을 수 있는 냄새가 풍겼다.
쇠의 비릿함과 땀내가 섞인 그런 냄새.
김사장의 팔뚝에 그려진 칼은 아름다웠다.

— 천운영, 「바늘」 중에서

인상착의를 자세히 설명해주셔야 합니다. 자세한 정보를 주셔야 저희도 사람을 찾아내죠. 키 175 정도의 23세 남자가 한둘이겠습니까? 그러니까 기억나는 것들을 다 말해주십시오. 청바지요? 그건 대부분의 사람들이 즐겨 입는 옷 아닙니까? 그런 것 말고 더 특징적인 것은 없었습니까? 오래 입은 청바지를 단 한 번도 빨지 않았다고요? 아니오, 이보세요. 그런 걸 우리가 수사하면서 일일이 알아낼 수 있는 게 아니지 않습니까. 우리 입장 좀 생각해보고 말씀하세요. 댁의 친구분이라 하시지 않았습니까? 그런데도 그렇게 할 말이 없냐고요. 아, 네. 떠오른 게 있다고요? 뭐든 다 말해보십시오. 굳은살이요? 왼손 손가락 끝마다 굳은살이 있다는 말씀이시군요. 음~ 제 손끝 좀 봐주시겠어요? 취미로 기타를 배우냐고요? 아닙니다. 이 굳은살이요? 그저 습관 탓이죠. 책상이나 벽면, 평평한 면만 닿으면 저도 모르게 아무 생각 없이 문지르거든요. 오래된 습관입니다. 그래서 어느 날엔가 굳은살이 생겼죠. 아시겠죠? 손가락의 굳은살 같은 것도 사람 찾는 데에는 별 도움이 안 될 겁니다. 더 구체적으로 떠올려보세요. 말을 할 때의 습관이라든지 목소리 톤, 혹은 얼굴에서 알아챌 수 있는 특별한 점 같은 거 말입니다. 네? 눈빛이요? 그런 눈빛은 다른 사람에게서 찾아볼 수 없을 거라고요? 죄송합니다. 특별하게 기억할 수 있는 게 없으시면 여기서 그만두시죠. 장난하는 것도 아니고. 이런 식으로는 사람 못 찾습니다.

그 애와 전 각별한 친구 사이에요. 말하지 않아도 서로 느낄 수 있는 것들이 많죠. 그 밤에 그 애가 사라졌어요. 아무래도 무슨 일이 생긴 것 같아요. 제발 좀 도와주세요. 찾아주세요 꼭. 스물세 살이에요. 키는 175센티 정도 되는데요. 몸무게까지는 잘 모르겠어요. 체격은 좀 왜소한 편이죠. 살이 안 쪘으니. 음~ 청바지를 즐겨 입었어요. 아, 물론 저도 지금 청바지를 입었지만요. 그 앤 좀 달랐다고요. 청바지는 세탁기에 돌리는 순간 색이 망가지는 거랬죠. 산 뒤로 한 번도 빨지 않았다고 했어요. 청바지를 자주 빨아 입는다고 장난으로 저를 구박하던 순간이 생생한걸요. 아, 도움이 되지 않는 얘기였나요? 예예, 친구죠. 다짜고짜 물으시니 그 애의 모습이 더 기억나지 않는지도 모르겠어요. 조금 천천히 얘기하면 안 될까요? 아, 그 녀석 왼손 손가락 끝에 굳은살이 있어요. 에? 혹시 경관님도 기타를 치시나요? 꼭 기타 연습 때문에 생긴 굳은살 같네요. 바로 그런 굳은살이었다고요. 모르겠어요. 음~ 그날 그 애가 무슨 옷을 입었는지는 물론이고, 그날 무슨 대화를 나눴는지조차 기억나지 않아요. 더 화가 나는 건 그 목소리라든지, 자주 말하던 단어나 습관 같은 것도 정말 아무것도 기억할 수 없다는 거예요. 그 애와 제가 분명 각별한 친구 사이기는 했지만요. 지금 오로지 제게 남은 건 녀석의 눈빛뿐이에요. 강렬하다는 단어밖에 떠오르질 않네요. 강렬했죠. 사람들을 대할 때에도, 그 사람들과 미래를 이야기할 때에도, 그 사람들의 고민에 귀 기울여줄 때에도, 늘 강렬했어요. 그런 눈빛은 아마 다른 사람에게서 찾아볼 수 없을 거예요. 경관님, 제발요. 그 애를 찾아주세요. 제가 기억하는 이런 사소한 조각들만이 그 애의 전부였어요. 제게 몇 안 남은 그 애의 조각들인데, 특별하지 않다고요? 그 애를 찾는 데에 도움이 되지 않는다고요? 경관님, 가지 마세요. 제발.

148

문신은 '강함'이 아니라 '강해지고 싶음'을 보여주는 상징일지 모른다.
가슴께에 바늘을 새긴 남자는 그 누구보다 강해졌을 것이다.
그렇게 되리라는 믿음이 그를 강하게 하는 것이다.
무엇이 될까, 어떻게 될까 고민할 거 없다.
원하는 대로 될 것이라는 믿음의 문신 하나면 당신은
그 누구보다 강한 사람이다.

149

마포구 당인동
당인리 발전소 벚꽃 길
비

비3 : Rain

밤바람이 시원하던 어느 여름날. 오빠와 나는 시골집 마당에 반짝이는 은빛 돗자리를 펼칩니다. 그러곤 제 몸집의 꼬마들이 몇 명은 누울법한 커다란 돗자리 위에 나란히 눕습니다. 와아~ 두 꼬마의 입이 절로 벌어집니다. 새카만 시골의 밤하늘에 별빛이 쏟아집니다. 나는 너무 많은 별들이 반짝여서 어느 별을 바라봐야 할지 고민합니다. 장난꾸러기 오빠는 말이 없습니다. 비처럼, 별빛이 내립니다.

서울의 밤하늘을 바라보며 별빛이 쏟아진다는 생각을 해본 적은 단 한 번도 없었다. 불빛이 번쩍이는 화려한 밤거리. 하늘을 올려다 볼 틈조차 없는 사람들의 발걸음. 수많은 사람들과 물체들이 쏟아내는 먼지 조각들. 그 틈에서 서울 하늘의 별빛을 찾기란 쉬운 일이 아니었다. 하지만 그 때문에 오히려 인디밴드 '안녕바다'의 노래, 〈별빛이 내린다〉의 가사들이 하나하나 더 와 닿았는지 모른다.

반짝이는 추억이 떠올라 초라한 내 모습이 멀어져. 도시의 하늘은 내 맘처럼 어둡다. 아픔도 참 많았고 눈물도 참 많아서 까만 밤하늘에 별빛이 내린다.

벚꽃이 피는 봄이면 벚나무 아래는 늘 사람들로 북적인다. 연분홍빛이 아른거리는 거리를 호젓하게 걷고 싶어 모인 사람들이 너무도 많아서 결국엔 사람 구경만 하다 가기 일쑤다. 많은 사람들과 어깨를 부딪치고, 서로의 존재가 짜증이 되어버린다. 그런 곳을 피해 찾아간 곳이 마포구 당인동이었다. 당인리 발전소 안에 마련된 벚꽃 길이 있는데, 매년 벚꽃이 피는 무렵에만 길을 개방한다. 당인리 발전소 벚꽃 길 안에서 한참을 머물렀다. 길이 긴 건 아니지만, 마음에 드는 벚나무를 보았을 땐 걸었던 길을 되돌아가기도 했고, 벚나무 위에 지어진 새집을 한없이 서서 바라보기도 했다. 누구도 발걸음을 재촉하지 않았다.

발전소 벚꽃 길 산책을 마치고 나오는 길, 서울에서 처음으로 별빛이 내린다는 생각을 했다. 밤하늘의 별 때문은 아니었다. 당인리 발전소 맞은편에는 또 하나의 작은 벚꽃 길을 만날 수 있다. 벚꽃이야 매년 어디서든 보았지만 그곳의 벚꽃은 조금 특별했다. 사람들위 수선스러움을 벗어낸 벚나무, 축제의 왁자지껄함을 입지 않은 벚나무였다. 그것들은 단지 조용히, 그곳에 서 있을 뿐이었다. 언덕길을 따라 이어진 몇 그루의 벚나무. 그 길 위에 서니 하늘이 온통 벚잎으로 덮였다. 손에 닿을 듯 말 듯 아른거렸다. 고개를 들고 까치발을 들자 무수한 벚꽃들이 머리 위로 쏟아졌다. 새하얀 벚잎, 조금은 수줍게 분홍빛을 뿜는 그 다섯 잎새 사이사이에 별이 함께 피고 있었다. 별이 비처럼 내리던 어린 날의 여름밤처럼 나는 어느 별을 바라보아야 할지 고민하고 말았다. 이 따듯한 별비가 모두에게 내리길, 바라본다.

온 세상이 전사들로, 시인들로, 영웅들로 가득했던 시절의 일들이야.
세상 가장 작은 소리에도 쫑긋 귀를 세우는 사람들로.
세상에는 그렇게 귀를 기울이는 자들이 존재하기 때문에
꽃이 피었다가는 또 져버리는 거야.
그렇지 않다면 어찌 봄이 왔다고 해서
그렇게 많은 꽃들이 피어오르겠는가 말이야.

— 김연수 「뿌넝숴」 중에서

여보, 들려? 내 목소리? 당신의 목소리가 듣고 싶지만, 내 목소리가 당신의 귓가에 가 닿았으면 하는 바람도 얼마나 큰지 몰라. 여보, 이유 없이 울고 싶은 날엔 어떡해야 해? 얼마 전엔 장을 보고 돌아오는 길에 버스를 탔어. 창밖을 스치는 무수한 풍경들이 너무나도 눈부셨던 탓이었을까? 이유도 없이 울고 싶어졌어. 뜨거운 눈물이 뺨을 타고 흘러 눈물범벅이 되었으면 싶은 거야. 나도 모르는 이유가 있던 걸까? 당신 없이 장보고 돌아오는 길이 외로웠던 탓이었을까? 생각해봐도 이유는 알 수 없었어. 그런데 어째, 울고 싶은걸. 눈물범벅이 된 얼굴을 누가 보든 말든 그저 울고 싶은걸. 그래서 나 쩌억~하고 하품을 해버렸어. 세 번쯤 하품을 하니까 눈물이 맺히더라. 눈물은 한참을 그렁그렁 맺혀 있다가 주르르 흘렀어. 그런데 있지, 볼을 타고 내려오는 눈물이 차가운 바람에 난 또 눈물이 났어. 식어버린 눈물은 어쩐지 슬펐거든.

여보, 우리 아가는 누구를 더 닮았으면 좋겠어? 난 당신을 쏙 빼닮은 아이였으면 좋겠어. 당신이 그리워질 때마다 더 많이 바라보고, 이야기하고, 사랑해주면 되잖아. 그래서 그 아이가 날 향해 웃어준다면, 엄마보다 더 크게 커준다면, 이유 없이 울고 싶은 날들은 없어질지도 몰라. 여보, 그렇다고 지난날의 내 눈물이나 슬픔의 이유를 당신이 없는 탓이라 돌리는 건 아냐. 그러니 미안해하지 말아, 여보. 단 한 순간도 당신을 미워한 적 없어. 맹세해.

여보. 당신은 날 업어줄 때마다 무겁다고 투덜대곤 했는데, 바퀴가 달린 의료용 침대는 정말 쉽게 나와 우리 아가의 무게를 이고 수술실로 달려가고 있어. 모두들 급하게 달리는 것 같지만, 내겐 너무나 긴 시간으로 느껴져. 당신이 이 침대와 함께 달려주었다면 순식간에 수술실에 도착할 수 있을까? 바퀴의 덜컹거림을 온몸으로 받으며 당신을 떠올려 보았어. 잘 떠오르지가 않았어. 우리가 함께했던 8년, 3천 일에 가까운 시간 중에 당신의 어떤 모습도 쉽게 떠오르질 않았어. 그러다가 겨우 당신 모습 하나가 생각났어. 대공원 분수대 앞, 꽃을 들고 서 있던 당신 모습이. 그렇다면 그건 8년 중 거의 첫 1년 때의 당신인데, 그 뒤의 무수한 시간들 속 당신은 왜 이리 떠오르질 않는 걸까? 다 어디로 간 거야? 여보, 우리의 순간들은 기억이 되었다가 그렇게 영영 사라져버리는 걸까? 여보, 흐릿해지지 마. 기억으로 밖에 만날 수 없는 당신이 자꾸만 흐려져. 이 수술실에서 나오면 이제 난 우리 아가와 둘이 돼. 혼자일 때 한없이 크고 무섭던 집이 조금은 아늑해지겠다. 그치, 여보? 우리 집 곳곳에 남아 있는 당신도 시간이 더 지나면 흐릿해지겠지? 부탁할게 여보, 제발 흐릿해지지 말아줘.

봄비 내리는 소리에 귀 기울이던 그 덕에,
세 발의 총소리에 귀 기울이던 그녀 덕에 봄은 또 온다.
벚잎이 비처럼 흩날리고, 벚잎 사이사이에 핀 별빛이 내리는 날.
당신이 사랑하고 당신을 사랑한 사람의 목소리도 봄비처럼 차박차박,
발끝에 걸려 있는지도 모르는 일이다.

서울 낙엽 친해지기 :

종로구 세종로 경복궁 옆 뜰
새

새 1 : 사이

마당이 있는 집에서 살게 된다면, 그 집에서 나와 배우자를 빼 164
닮은 아이들을 낳아 키우게 된다면, 아이들을 위해 나무 한 그루
씩을 심어주고 싶다는 생각을 하곤 한다.

"If you want to be happy for a year, plant a garden. If you
want to be happy for a life, plant a tree"라는 영국의 속담이 있
다. 한 그루의 나무와 일생을 함께하는 일은 그만큼 커다란 행복
을 주는 일이라는 뜻일 것이다. 나무만큼 계절의 변화를 시각적으
로 보여주는 것도 없을 테고, 계절만큼 사람의 감정을 움직일 수
있는 것도 없을 것이기 때문이다. 한 그루의 나무는 하나의 인생
과 가장 밀접한 존재일지도 모른다.

서울에서 제일 좋아하는 나무 한 그루가 있다. 그 나무가 변하
는 모습을 보기 위해 계절이 변할 때면 일부러 나무를 찾아가곤
한다. 그중에서도 여름과 겨울 사이, 그맘때의 나무는 가장 황홀
한 자태를 뽐낸다. 처음 그 나무 아래에서 가을을 맞았을 때, 마

치 눈 내리는 세상에 온 듯했다. 신이 나서 눈을 맞고, 땅 위로 쌓인 눈을 밟았다. 눈이 부시도록 샛노란 은행 눈. 그것들은 몹시도 도톰하게 쌓여 있었기에, 잎사귀가 깨끗하고 온전한 것들을 집어 하나하나 책 사이에 끼워두었다. 어느 계절엔가 문득 책을 펴 잘 마른 은행잎을 발견한다면, 그 은행나무와 나무 아래에서 맞았던 샛노란 은행잎 눈을 기억해낼 것이다.

어쩌면 많은 사람들이 이미 그 은행나무의 가을을 목격하고, 샛노랑의 황홀함을 마음속에 담아 두었을지도 모른다. 서울의 종로, 종로의 경복궁, 경복궁과 영추문 사이, 그 어디쯤에 나무는 있다. 겨울이면 잎새를 떨구고, 봄이면 귀여운 연둣빛 잎새를 피워낸다. 그리고 여름과 겨울 사이, 그 계절에 이르면 나무는 절정에 달한다. 샛노랗게 물이 든다. 얼마나 오랜 시간 동안을 계절을 보내고, 잎새를 바꾸어 다는 일을 해왔을까. 얼마나 오랜 시간 동안, 얼마나 많은 사람들이 나무의 계절을 보고, 계절 속에서 울고 웃었을까. 아주 많은 갈래로 뻗어 나온 가지들을 보며 그 공간과 사람들, 그리고 시간에 대해 생각해본다.

마당이 있는 집에서 살게 된다면, 그 집에서 아이들을 낳고, 아이들을 위한 나무를 심게 된다면, 아마도 한 그루 쯤은 은행나무를 심고 싶다. 여름과 겨울 사이, 가장 황홀한 빛을 내게끔, 아이들이 그 기쁨을 함께 누리게끔 말이다. 경복궁 옆 뜰 위의 오래된 은행나무는 오늘도 누군가가 쉬어갈 그늘을 품고, 샛노란 은행 눈이 내리는 가을을 꿈꾸고 있을 것이다.

그럴 때면 그들의 인생이란 이야기에 있는 게 아니라
그 이야기 사이의 공백에 있는 게 아닐까는 생각마저 들어.
그런데 편집은 목소리 사이의 공백을 없애는 일이잖아.
목소리와 목소리 사이에서 기침이나 한숨 소리,
침 삼키는 소리 같은 걸 찾아내서 없애는 거야.
그러면 이상하게 되게 외로워져.

— 김연수 「달로 간 코미디언」 중에서

그것은 실제로 무너져가고 있는지도 몰랐다. 학교에서 집으로 돌아갈 때마다, 나는 내가 살고 있는 빌라가 무너지는 망상을 했다. 빌라는 내가 가늠할 수 없을 만큼 오래 된 것이었다. 그것은 낮고 좁았고, 늘 습한 냄새가 났다. 빌라에 살고 있는 사람들에겐 표정이라 부를만한 것이 없었다. 나는 빌라에서 마주치는 어른들에게 인사를 하지 않았다. 그럼에도 그들은 나를 꾸중하지 않았다. 아니 애초에 나를 보지 못한 채 지나쳤을지도 모른다. 나는 그 빌라가 싫었다. 새 학기에 연락망을 적어낼 때면 한 손으로는 종이를 가리고 주소를 적었다. 다른 친구들은 TV 광고에 등장하는 자신들의 아파트 브랜드 광고 노래를 흥얼거렸다. 그때마다 나는 그런 아파트에 사는 사람들을 상상했다. 언제나 깨끗한 옷을 입고, 얼굴에는 웃음이 가시지 않는 사람들일 것 같았다. 아파트 단지 안에는 틀림없이 산책로라든지 장미정원 같은 것들이 가꾸어져 있을 것이었다. 그리고 그 아파트에 사는 사람들은 주말이면 아기를 유모차에 태우고 단지 안을 산책하는 일을 최고의 기쁨으로 여길 것이었다. TV에서 본 아파트 사람들은 그랬다.

나는 조그마한 빌라를 바라보며 '무너진다~ 와르르' 하고 읊조려 보았다. 그러고는 그 자리에 높고 넓은 아파트를 짓는 상상을 했다. 깨끗한 건물, 깨끗한 사람들, 동네의 아이들에게 함박웃음을 건네는 어른들이 있을 것만 같았다. 하지만 집으로 가까워질수록 그런 환영들은 스르르 사라져갔다. 군내 나는 빌라 안에는 몸을 가누지 못하는 젊은 엄마만이 누워 있을 터였다. 빌라에 살던 사람들의 절반 이상은 이미 그곳을 떠났다. 나와 엄마는 영원히 그곳을 떠나지 못할지도 몰랐다. 정말로 그 빌라가 무너진다 해도 그 안에 나와 내 엄마가 있다는 사실을 아는 사람이 없을 수도 있었다. 그런 순간이 온다면 어떤 표정을 지어야 할까, 하고 생각하다 집 앞까지 도착했다. 나는 언젠가 이 빌라에서 마주친 표정 없는 어른들을 떠올리며 입안에 있던 침을 가득 모아 복도 바닥에 퉤, 하고 뱉어버렸다. 그러고는 침이 다 으깨질 때까지 침 위에서 콩콩 뛰었다. 흰 거품들이 자취를 감출 때쯤 나는 집으로 들어갔다.

으스러진 침의 거품이 묻어 있는 운동화를 벗어 던지고 엄마에게 가려는 순간, 나는 현관문 옆쪽 벽에 금이 간 것을 발견했다. 나는 책가방에 들어 있던 연습장을 찢어 벽에 생긴 금 사이로 밀어넣어 보았다. 종이가 구겨지며 틈에 끼었다. 손을 놓아도 종이는 떨어지지 않았다. 빌라는 실제로 무너져가고 있는지도 몰랐다. 집 안에는 찬 바닥에 누워 잠이 든 엄마가 보였다. 나는 운동화를 가지런히 정리하곤, 엄마의 곁으로 다가가 가만히 누워 잠을 청했다.

168

진정한 이해는 '사이'를 읽는 것에서 온다.
눈을 감고 찬찬히 느껴보면 공백을 가득 메우고 있는 것들이 느껴질 것이다.
내가 그녀를 이해하고, 그녀가 아버지를 이해하기 위해서는
지점과 지점 사이, 그 길을 걸어보아야 할 것이다.

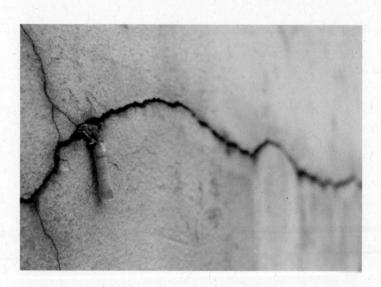

중구 명동 삼일로 창고극장
새

새 2 : New

을지로입구역에는 5.5번 출구가 있다. 소설 『해리포터』의 킹스 크로스 역 9와 3/4 승강장 마냥 당황스럽지만, 을지로입구역 5번 출구와 6번 출구 사이에는 출구 번호도 없는 계단이 하나 있다. 그 계단이 바로 5.5번 출구다. 계단을 따라 올라가면 정면에 시소를 타는 사람들의 조형물이 있고, 시소 조형물 방향의 길을 따라가면 명동이 나온다. 을지로입구역 5.5번 출구는 명동을 감싸고 있는 대로로 나가게 되는 5번, 6번 출구와 달리 명동의 중심으로 들어가게 되어 있다. 명동. 을지로입구역 5.5번 출구는 명동을 향해 뚫린 지름길인 셈이다.

서울 지리에 익숙하지 않았던 때, 친구가 명동에 가자며 4호선 명동역이 아닌, 2호선 을지로입구역에서 내려 나를 명동으로 이끌었던 순간은 평생 잊지 못할 것 같다. 그 순간은 경이롭기까지 했다. 사실 어느 역에서 내리든지 조금만 걷는다면 원하는 곳에 도착할 수 있을 만큼 서울의 도심은 좁다. 지하철 1, 2, 3, 4호선이 도심을 감싸듯 뻗어 있고, 그 중심에 명동이 있다. 지금의 명동은

수많은 외국인과 한국의 젊은이들을 흡수하며 도심으로서의 역할을 톡톡히 하고 있다. 하지만 예전부터 이 일대가 서울의 중심, 도심이었던 것은 아니다.

조선의 도심은 종로였다. 사람이 늘 구름떼처럼 모여 '운행가雲行街'라는 별명이 붙기도 했다. 하지만 종로는 쇠퇴했다. 1960년대 종로 전차가 철거되고, 1970년대 청계천 아래쪽으로 대형 호텔, 백화점 등이 들어서면서 명동과 남대문쪽으로 상업 중심지가 이동했다. 종로에는 유독 노인이 많다. 지팡이에 의지한 노인들이 종종 걸음을 옮기고, 삼삼오오 모여 옛날을 이야기한다. 반면에 새로운 도심인 명동은 젊다. 교복을 입은 학생들이 깔깔거리고, 새로운 패션을 찾는 이십대가 거리를 쏘다닌다. 젊은이와 외국인들의 입맛을 사로잡기 위해 늘 새롭고 맛있는 음식들이 등장하고, 사라진다. 그래서 감히 명동을 서울의 새로운 도심이라 부를 수 있겠다.

하지만 명동에서 하루를 보내다보면 기분이 씁쓸해질 때가 많다. 사실 그 커다란 번화가 안에서는 돈을 쓰지 않으면 할 만한 일이 딱히 없기 때문이다. 상업성을 바탕으로 자라난 도심인 명동은 '쇼핑 거리'라고 이름 붙여도 어색하지 않다. 화려한 옷, 화장품 상점이 가득하고 다양한 종류의 음식점과 카페들이 모여 있다. 수많은 간판들이 '돈 없으면 놀지 마' 하고 외치는 것 같은 느낌을 받을 때도 있다.

그럴 때면 발걸음을 돌려 명동 성당으로 들어간다. 명동 한복

판에서의 소란스러움을 잊고 가만히 앉아 바람을 쐬기 좋은 곳이
다. 그러다가 친구의 귀띔으로 찾아가본 곳이 '삼일로 창고극장'이
다. 삼일로 창고극장은 국내 최초의 사립 소극장인데, 폐관 위기
를 겪었다가 최근 한 기업의 후원으로 재개관하게 되었다. 소극장
앞의 분위기는 명동 성당만큼이나 마음을 편안하게 만들어준다.
소극장 앞 대기석으로 올라가 다리가 녹슨 낡은 의자에 앉아, 바
람에 따라 조용히 움직이는 모빌들을 보고 있자면, 명동이 아닌
또 다른 세계로 여행을 온 듯한 착각마저 일곤 한다. 잠시나마 발
걸음을 멈추어 숨을 고르게 하는 삼일로 창고극장, 그곳에는 누
구도 외롭지 않은 잔잔한 풍경이 있다. 바쁘게 돌아가는 명동, 그
변두리에 명동의 심장이 뛰고 있다.

그 1995년이 한참 흘러간 뒤에,
나는 가끔씩 궁금해지곤 했다.
그때 R은 왜 내 전화를 그렇게 담담하게 받았던 걸까.
내가 먼저 연락해올 줄 예상했던 걸까. 아니면 R에게도 그때,
자신에 대해 아무것도 모르는 새로운 친구가 필요했던 걸까.

— 정이현 「삼풍백화점」 중에서

여자는 그 무렵의 남자의 나이를 정확하게 기억하고 있었다. 여자는 그것이 아마 남자의 생일을 축하해주었던 기억 때문이리라 생각했다. 열다섯. 그때 남자의 나이는 열다섯이었다. 열하고 다섯. 그때 여자의 나이는 열하고 다섯이었다. 볕이 따사로웠던 그날, 여자는 남자를 만나러가기 직전까지도 남자에게 무엇을 선물해야 할지를 고민했다. 마침내 여자는 그 여름을 닮은 꽃을 남자에게 선물하고 싶어졌다. 꽃집에서 가장 마음에 드는 꽃다발을 골랐을 때, 여자는 꽃다발이 여자의 한 달 용돈의 절반을 넘는 가격이란 걸 알았다. 3만 원의 용돈을 받던 열다섯의 여자에게 2만 원짜리 꽃다발은 너무 비쌌다.

"한 살, 두 살, 세 살…… 열네 살, 열다섯 살. 열다섯이 됐다. 그치?"

남자의 품 안에 열다섯 송이의 장미가 안겼다. "생일 축하해." 남자가 커다란 미소를 짓자 여자는 안심이 되었다. 여자는 꽃다발 대신 열다섯 송이의 장미를 한 송이씩 비닐로 싸 선물했다. 한 송이 한 송이씩 남자의 품에 내려놓던 순간의 설렘은 몇 년이 지난 후에도 여자를 열다섯 소녀처럼 만들었다.

여자는 그 무렵의 남자의 빛나는 눈을 좋아했다. 파일럿. 파일럿이 되어 하늘을 날고 싶다 말할 때면 남자의 눈은 빛났다. 여자는 이따금씩 남자의 꿈에 대해 이야기했고, 그때마다 반짝이던 눈망울과 눈을 마주했다. 여자가 멍하니 하늘을 바라보는 습관은 그때부터 생긴 것 같았다. 열다섯의 여자는 하늘 위로 비행기가 지나갈 때마다 오랫동안 하늘을 쳐다보았다. 비행기를 조종하는 남자의 모습을 상상했다. 그 빛나던 눈동자를 생각했다. 한참 동안 하늘을 바라보아도 목은 아프지 않았다.

바람이 많이 불던 오후였다. 여자는 바람이 움직이는 방향을 따라 걸었다. 명동의 변두리 길에 도달했다. 시끄러운 큰길을 피해 낡은 골목 사이로 들어갔다. 얼핏 종소리를 들은 것 같기도 했고, 비행기 날개 그림자가 여자의 머리를 스쳐간 것 같기도 했다. 여자는 고개를 들었다. 작은 비행기가 빙그르르, 작은 비행을 했다. 작은 비행기가 날고 있었다. 아니 사실 비행기는 날고 있다기보다는 매달려 있었다. 비행기 모빌은 가는 실 하나에 매달려 빙그르 돌고 있었다. 빙그르르. 비행기의 작은 비행을 바라보며 스물셋의 여자는 남자의 빛나던 눈동자를 생각했다. 이제는 조금 흐릿해진 반짝임에 대해 생각했다. 한참 동안 하늘을 바라보아도 목은 아프지 않았다.

180

R과 내가 가까워진 것은 서로가 변하는 모습을 보지 못했기 때문일지 모른다.
무수한 찰나를 거쳐 모든 것은 변하기 마련이다.
그리하여 우리는 늘 새로운 사람들과 새로운 순간을 맞이하게 된다.
그 새로움을 두려워 한다면, 우리는 아무런 의미도 갖지 못할 것이다.

서울 시장 친해지기 :

동대문구 제기동 약령시
원

원 1 : one

세상에 참 많은 아픔이 있지만 모든 아픔이 치유되지는 않는
다. 만약 우리가 가진 몸과 마음의 아픔들이 모두 치유될 수 있었
다면, 우리의 삶은 더 완전해지고 행복했을까. 인류는 그 어떤 고
통도 없이 지구를 낙원으로 여기며 살았을까.

동대문구 제기동에는 '약령시장'이 있다. '약령시'는 조선시대에
한약재를 전문적으로 다루던 장이다. 전국의 약령시들 중에서 대
구 약령시가 가장 규모가 크고 번창했던 약령시였다고 한다. 사실
서울 약령시는 조선시대가 아닌 1960년대에 형성된 약령시이다.
그때부터 유지되어 온 경동 한약재 시장이 전통 약재 시장으로 인
정받아 '서울 약령시'라고 이름 붙었다. 어쨌거나 서울 약령시는
50여년의 시간 동안 그 자리를 지켜왔다. 오랜 시간 동안 아픔을
치유하고자 하는 사람들이 약령시를 찾았다. 약령시 근처에서부
터 풍겨오는 각종 약재의 냄새를 맡으며 자신의, 친구의, 가족의
온전한 치유를 상상했을 것이다. 그렇기에 그들에게 약재 냄새는
역하지도, 쓰지도 않았을 것이다. 어떤 약재가 치유를 줄 수 있을

까 하는 설렘은 많은 약재상을 걸어 다녀도 그들을 지치지 않게 해주었을 테고.

세상에 참 많은 아픔이 있지만, 모든 아픔이 치유되지는 않는다. 치유되지 못한 아픔들을 위해 사람들은 약을 찾고, 치유를 기원한다. 치유되지 못한 아픔이 있기에 사람들은 끊임없이 기도하고 소망한다. 치유의 크기보다 아픔의 크기가 더 크기에, 세상엔 꿈과 소망이 존재하는 것은 아닐까. 그래서 약령시의 거리는 서울의 여러 거리 중에서 가장 희망과 소망이 넘치는 거리다. 비록 약령시를 찾는 이와 주변의 사람들에게 치유하지 못한 아픔이 있다 해도, 비관할 수 없다. 그 아픔에서 소망은 탄생하고, 소망과 꿈은 세상을 건강하게 하는 비결이기 때문이다.

양의학과 양약이 차지하는 영역이 넓어지면서 한의학과 한약의 자리는 좁아졌다. 제기동 약령시도 언젠가는 그 자리를 잃어버릴지도 모른다. 하지만 우리가 그 거리를 잊어서는 안 되고 지켜나가야 하는 이유는 분명히 존재한다. 수십, 수백의 약재들과 빛깔 고운 찻잎들 사이에 치유를 바라는 수많은 사람들의 소망이 배어 있기 때문이다. 어쩌면 약재들이 풍기는 냄새도 소망들의 냄새일지도. 만약에 우리가 가진 몸과 마음의 아픔들을 모두 다 치유할 수 있었다면, 우리의 삶은 지금보다 불완전하고 행복하지 않았을지 모른다. 치유되지 못한 아픔들 사이에서 소망은 태어나고, 소망들 사이에서 인류는 살아가고 있다.

― 나는 늘 불쾌할 정도로 외로웠다.

― 즉 그런 연유로 냉장고와 나는 친구가 되었다.

그런 느낌이다. 다시 말하지만, 그 굉장한 소음이 있어

나는 외롭지 않을 수 있었던 것이다. 아무도 찾지 않는 그 〈언덕 위 원룸〉에서,

단 둘이 말이다. 세상의 여느 친구들처럼

― 냉장고도 알고 보니 좋은 놈이었다.

― 박민규 「카스테라」 중에서

"아버지가 아프셔."

P는 그 말을 듣고 아무 대답도 하지 못했다. 그렇다고 P가 커다란 충격에 휩싸여 할 말을 잃었던 것은 아니다. P는 단지 오빠의 말이 '아버지가 편찮으셔'나 '아버지께서 아프셔', '아빠가 아프셔', '아버지께서 편찮으셔' 같은 다른 표현이었어도 같은 느낌을 받았을까에 대해 생각하고 있었다. "여보세요, 듣고 있니?" "알겠어. 주말에 집에 내려갈게." P는 전화를 끊고 나서야 주말에 A반 학생들의 논술 보충수업을 하기로 약속했던 일을 떠올렸다. P는 전화기를 들었다. 학원에 전화를 걸까, 오빠에게 전화를 걸까 고민하며 한참을 서 있었다. 그래도 '아버지께서 편찮으셔'보다는 '아버지가 아프셔'인 편이 나았다고 생각하며 P는 학원 전화번호를 눌렀다.

P는 보충수업을 취소한다는 통보가 조금은 갑작스럽거나 당혹스럽진 않을까 걱정이 들었다. 그러다가 자신에게 아버지께서 편찮으시다는 통보를 한 오빠가 야속해지기도 했다. 그러다가 또 집으로 전화를 걸어 주말에 못 가게 되었다는 통보를 하지 않은 일이 다행스럽게 느껴졌다. 침대에 드러누워 이런저런 생각을 하던 P는 갈증을 느꼈다. 냉장고 문을 열어보았다. 그저께 집에 돌아오며 사둔 캔맥주는 한 캔도 남아 있지 않았다. 지금 맥주는 한 캔도 없다는 냉장고의 통보가 조금은 갑작스럽고 당혹스러웠다. P는 스스로가 안쓰러웠다. 옷을 대충 걸쳐입고 집 앞 편의점으로 향했다. 멀지 않은 거리였지만 바람이 찬 탓인지 멀게만 느껴졌다. 그러다가 자신에게 맥주가 한 캔도 없다는 통보를 한 냉장고가 야속해졌다. "나쁜 것."

캔맥주는 필요 이상으로 시원했다. 시리도록 찬 캔의 표면이 손에 닿는 순간 P는 자신이 겪어왔던 무수한 통보들을 떠올렸다. 유치원엔

9시까지 오세요. 3월 2일엔 초등학교에 입학하세요. 신호등이 초록불일 때만 건너세요. 7월 초에는 기말고사를 보세요. 수능을 보고 대학에 가세요. 입학을 하려면 등록금을 내세요. 소득이 생겼으니 세금을 내세요. 6시까지 출근하세요. 삶은 무수한 통보의 역사인 것만 같았다. 사람들은 길고 긴 통보의 역사를 겪으며 그것들이 일상인 듯 당연한 듯 자연스럽게 행동했다. 보통의 존재인 듯 보이려 부단히 애를 썼다. 통보가 없으면 행동하지 못하는 듯 보이기조차 했다. P는 어쩐지 억울해졌다. 자신의 뜻대로만 살았다고 믿었는데, 그것들이 어쩌면 자신에게 던져진 수많은 통보들의 움직임인지도 모른다는 생각이 들었기 때문이다. P는 캔맥주를 내려놓았다. 그냥 편의점을 나가려는 데 입구쪽에 있던 점원과 눈이 마주쳤다. "안 살 거예요. 안 사요." 홀가분하게 편의점 문을 열고 나왔다. 그러다 P는 아무것도 사지 않겠다는 자신의 통보가 당혹스럽지는 않았을까 걱정이 들었다. P는 다시 편의점으로 들어갔다. 컵라면 하나를 집어 뜨거운 물을 붓기 시작했다. "손님, 계산부터 하고 드세요." 점원의 목소리가 들렸다. "앗 뜨거워." 물은 필요 이상으로 뜨거웠다. 후우~ P는 라면을 불며 먹기 시작했다. 그러다 문득 고개를 들었을 때, P는 온수기 앞에 적힌 안내 문구를 보았다.

〈물이 뜨거우니 조심하세요.〉

치유할 수 없는 외로움 속에서 냉장의 세계는 하나의 희망으로 자랐다.
나는 소중한 것 혹은 해악한 것을 냉장고에 넣어 '부패하지 않게' 한다.
하지만 그것은 또 하나의 세계일뿐이었다.
내게 필요했던 건 무엇인가가 부패할 수 있는 만큼의 온기는 아니었을까.

191

종로구 혜화동 혜화동 성당
원

원 2 : 원하다

무엇을 그토록 원했을까. 작고 동그란 초에 불을 붙이고, 다른
초 옆에 자신의 초를 내려놓고, 창을 닫고, 초를 바라보던 순간까
지도. 간절히 바랐던 것은 무엇이었을까. 타인의 초를 바라보다 문
득 생각한다. 한참이나 그렇게 타오르는 타인의 초를 바라본다.
간절히 타는 타인의 소망을 바라본다. 그러다 문득 봉헌함에 지폐
를 넣고, 초에 불을 붙이고, 다른 초 옆에 내 초를 내려놓는다. 다
시 타오르는 초를 바라본다. 나 또한 무언가를 간절히 원했고 바
랐기에 이곳에 섰음을 깨닫는다.

특별한 종교는 없지만, 이따금씩 성당이나 절에 들어가는 걸
즐긴다. 붐비는 도시에서도 성당이나 절에 들어가면 고요함의 절
정을 즐길 수 있다. 말을 삼가고, 발꿈치를 들어 발걸음을 가볍게
하고, 숨을 죽인다. 그 숨죽이는 고요한 풍경을 좋아한다. 사실 절
이나 성당에 가는 것에는 또 다른 이유가 있다. 소망, 기원을 마음
에 품은 사람들이 머물러가는 곳이기 때문이다. 자신이나 타인의
성공, 치유 등을 바라며 사람들은 절을 하기도 하고, 기도를 한다.

그 순간, 사람들의 마음은 세상 무엇보다도 평화롭고 깨끗하리라. 누군가를 위해 소망을 품고, 숨을 고를 수 있는 사람이라면 누구도 나쁜 사람은 없을 것 같다. 사람들의 소망을 구경하기 위해 이따금 절이나 성당에 발을 들인다.

기왓장에 기원하는 일을 적는 절의 소망도 아름답지만, 작은 초에 불을 붙여 기원의 마음으로 빛을 만드는 성당의 소망은 특히나 인상적이다. 지름이 5센티미터 정도밖에 되지 않는 작고 동그란 초에는 아무런 말도 적혀 있지 않다. 누구를 위해 무엇을 원하고, 그렇게 뜨겁게 타오르고 있는지 이야기해주지 않는다. 누군가 분명 그 초를 밝히며 무엇인가에 간절했을 텐데 말이다. 초는 밝게 타오르며 누군가의 소망을 보여주지만, 메시지는 없고 불빛만이 있다. 오랫동안 초 앞에 서서 이야기를 상상해본다. 쌍둥이 딸들의 건강을 기원하는 아빠, 할머니의 수술이 잘 되기를 기원하는 손녀, 아들의 수험생활이 잘 끝나기를 기원하는 엄마. 그들의 이야기가 들려오는 듯하다. 그래서 나도 어느 성당엔가 몇 개의 초를 밝혀두었다. 누군가 그 앞에 서서 타오르는 나의 소망들에 바람막이가 되어주길, 내 이야기를 상상하고 함께 응원해주길, 바라며.

고즈넉한 중림동 성당도 좋았고, 거대한 명동 성당도 좋았지만, 오늘의 나는 아기자기한 혜화동 성당이 그립다. 그곳에서 타던 초들도, 성당 옆에서 거대한 그늘을 만들어주던 나무도, 나무 그늘에 앉아 바라보던 순간의 소망들도, 모두.

그뿐입니까. 게르 천창으로 빛나는 별과 스미는 달빛이,
지나는 바람과 흩날리는 눈이 역시 돈의 현영現影처럼 손님들을 끌어왔습니다.
그리고 나는 내가 필요로 하는 모든 것,
때로는 여자까지 도시로 나가 사야 했지요.
그 불모의 대지에 살을 부리며 나는 내 생에 좋은 일은
다 끝났음을 깨닫곤 했습니다.

— 전성태 「늑대」 중에서

그녀가 무엇을 버티고 있는지 나는 몰랐다. 우리는 6년을 넘게 만난 연인이었다. 같은 대학에서 처음 만난 그녀는 늘 수줍은 미소를 짓던 스물한 살의 아가씨였다. 그 미소를 한 번이라도 더 보기위해 나는 늘 애썼다. 친구들로부터 재밌는 이야기를 들으면 잊지 않고 그녀에게 말해주기 위해 꼬박꼬박 메모를 했다. TV를 잘 보지 않았지만 개그 프로그램이 하는 시간에만 TV를 챙겨 보았고, 개그맨이 진행하는 라디오 프로그램도 들었다. 조금 과장된 목소리와 몸동작, 그것은 나의 트레이드마크가 되었다. 학교에서 '재밌는 녀석'이 된 것이다. 수다스럽게 말을 지껄이다가도 늘 그녀의 얼굴을 확인했다. 그녀는 내 말에 귀 기울였고, 그런 뒤엔 틀림없이 웃었다. 틀림없이. 그녀는 스물두 살에도, 스물세 살에도 그렇게 웃었다. 나는 그녀의 웃음만큼은 나이를 먹지 않는다 생각하며 스물일곱을 맞았다.

내가 스물일곱이 되던 해의 생일, 그녀는 나를 만나는 대신 생일 편지를 한 장 보내왔다. A4 크기의 흰 종이에는 '한 시절을 함께 견디어주어 고맙다'라고 써 있을 뿐이었다. 봉투에는 보내는 사람의 이름이 없었지만 글씨체와 어투만 보아도 나는 그것이 그녀가 보낸 편지라는 걸 알았다. 스물한 살 이후의 다섯 번의 생일을 모두 그녀와 함께 보낸 까닭일까. 그녀 없이 생일을 보내려니 무엇을 해야 좋을지 아무런 생각이 나지 않았다. 그녀는 중국으로 일주일짜리 출장을 갔고, 나는 늦은 졸업을 앞두고 매일같이 면접 잘 보는 법이나 영어회화의 비결 같은 책들을 들추어보던 무료한 혹은 무리한 가을의 하루를 보냈다. 친구들도 만나지 않은 채 학교 근처 공원에 앉아 발갛게 익어가던 단풍만을 하루 종일 바라보았다. 나는 그렇게 스물일곱 살이 되었고, 되어버렸고, 며칠 뒤 그녀는 돌아왔다.

커다란 종이에 쓰여 있던 한 줄의 생일 메시지처럼 그녀는 어쩐지 여백이 더 많아졌다. 정확히 말하자면 말이 없어졌다는 것인데, 그녀는 내가 무어라 떠들어대든 '응', '아니', '그랬구나' 같은 대답만을 해왔다. 그러다 내가 말을 하지 않는 순간이 오면, 우리는 정말 아무런 이야기도 하지 않았다. 아무 말 없이 밥을 먹은 날도 있고, 아무 말 없이 산책을 한 날도 있었다. 그럴 때면 나는 '내가 뭐 잘못한 게 있나?' 몇 번이고 고민했다. 그러다 결국 내가 뭘 잘못했냐고 그녀에게 물었다. 그녀는 걸음을 멈추고 내 눈을 바라보고 섰다. "아니." 그녀가 뱉어낸 말은 혹시나 했는데 역시나 '아니' 한마디였다. 하지만 그 순간 나는 그녀의 눈에서, 입 꼬리에서, 머리칼에서, 손가락에서 어떤 무게가 전해져 오는 것을 느꼈다. 그녀는 참으로 힘겹게, 그러나 무덤덤하게 무언가를 버텨내고 있었다. 그녀가 무엇을 버티고 있는지 나는 몰랐다. 하지만 물을 수도 없었다. 그저 조용히 그녀의 손을 조심스레 잡았을 뿐이다. 발갛게 익어가는 단풍만을 바라보았던 그날처럼 내겐 그녀가 필요했고, 그녀에게 또한 내가 필요함을 손에서 전해져오는 온기로만 어렴풋 느꼈을 뿐이었다. 스물넷, 스물다섯 어느 가을에도 이렇게 손을 잡고 한 시절을 견뎌냈을 것이다. '재밌는 녀석'은 지금 그녀를 수줍게 웃게 할 수 없지만, 어쨌든 이 계절도 이렇게 지나갈 것이다. 그렇게 한 시절을 견디면 그녀는 틀림없이 웃어 보일 테다. 틀림없이.

서로 다른 욕망들이 게르 안에 모인다.
그 욕망들이 팽창해가는 사이, 별과 별은 서로 멀어져만 간다.
욕망들은 서로 닿을 수도 없고 채워질 수도 없다. 게르는 하나의 우주다.
우리에게도 채우지 못한 욕망 하나쯤은 있고,
문득 무언가에 소망을 이야기하기 마련이다.

201

서초구 양재동 양재동 꽃시장
적

✛

적 1 : enemy

봄이 오면 산에 들에 진달래 피네. 꽃이 피는 풍경을 떠올리면 그곳엔 늘 볕이 있고, 물줄기가 있다. 가장 건강하고 아름다운 자연을 가득 머금은 후에야 꽃은 핀다. 그것들을 머금고 자라났기에 꽃은 늘 누군가에게 사랑받아 왔고, 아름다움의 대명사로 자리 잡았다. 봄과 꽃. 사람들을 설레게 하기 충분한 존재들이다.

하지만 사람들은 봄과 꽃의 설렘이 봄 아닌 계절에도 피어나길 바랐다. 사람들은 한겨울에도 설렘과 낭만, 아름다움을 필요로 했다. 늦봄에 피는 붉은 장미를 눈발이 날리는 시린 겨울날에 연인의 품에 안겨주고 싶어했다. 그래서 사람들을 정말로 많은 꽃을 '언제나' 피어나게 만들었다. 꽃이 피는 풍경 속의 따스함과 넉넉한 물을 그대로 재현해서 꽃망울을 틔웠다. 온실 속에서 꽃들은 여전히 싱그럽게 피어났다.

오래된 사진을 떠올린다. 발목까지 눈이 쌓였던 고등학교 졸업식 날. 샛노란 프리지아 한 다발을 안고 부모님과 찍었던 사진. 온실에서 자라난 꽃송이들이 나도 모르는 사이 추억 한 편에 자리하고 있다. 겨울 칼바람을 함께 맞았던 송이송이 꽃들이 추억을 더 빛나게 만들었을지도 모르는 일이다.

양재동 꽃시장에서도 무수한 꽃송이가 당신과 함께 만들 추억을 기다리고 있다. 숨이 탁 차오를 만큼 따뜻하고 습한 온실에서 말이다. 처음 꽃시장의 기운과 마주한다면 조금은 낯설게 느껴질 수 있다. 하지만 꽃이 피는 풍경을 기억해준다면, 온기와 습기쯤은 기분 좋게 견딜 수 있을 것이다.

꽃은 오늘도 피고, 피었다. 꽃이 피는 일은 이제 자연의 계절과는 한 발짝 멀어졌다. 그들의 적은 더 이상 겨울이 아니다. 추위도 흐린 날도 아니다. 어쩌면 무수한 꽃망울의 적은 사람들의 '날'일지 모른다. 졸업 시즌, 입학 시즌, 크리스마스 시즌이라는 이름을 달고 끊임없이 아름다움을 피워내야 하는 '시즌'이 적이다. 그 시즌이 지나면 꽃이 주는 설렘과 낭만까지 잊는 '시즌 아닌 날'이 적이다. 아니 어쩌면 꽃으로부터 계절이라는 우주의 의미를 앗아간 사람들이, 꽃망울의 소중함을 쉽게 잊어버린 사람들이 가장 큰 적일지도 모른다.

오늘도 꽃은 피고, 꽃은 당신을 기다리고 있다. 설렘과 낭만을 한가득 머금고 누군가의 추억이 되길 기다린다. 양재동 꽃시장에서 작은 설렘 하나를 품어오는 일로 꽃은 충분히 위로 받을 것이다. 적이 아닌, 당신을 기억할 것이다.

많은 일이 있었고 또 말썽 많은 하루였다.
그러나 중요한 것은 그 하루가 '지나갔다'는 데 있다.
후배와 지낼 불편한 날들 역시 곧 지나갈 것이다.
그녀는 귓바퀴와 배꼽에 낀 먼지를 살살이 씻어낸다.
수챗구멍 위로 그녀의 것과 후배의 것이 뒤섞인 머리카락이 회오리친다.

— 김애란 「침이 고인다」 중에서

"지그재그"

소년은 소리 내어 '지그재그'라고 말해 보았다. 예전에도 그 단어를 소리 내어 말해본 적이 있는지 기억할 수 없었다. 동화책 이름에서 지그재그라는 단어를 처음 본 뒤로 소년은 그 단어를 잊을 수가 없었다. 동그라미, 네모, 지그재그 등 도형이나 형상을 그림과 함께 설명해둔 동화책은 소년이 가장 아끼는 책이었다. 손가락으로 그림책에 그려진 모양을 따라 그려보며 그 이름을 읊어보는 건 소년이 하루도 거르지 않고 하는 일이었다. 그러다가 조금이라도 삐뚤삐뚤한 것들을 보거나 지그재그로 그려진 것들을 보면 반가워했다.

소년은 아버지를 기다리고 있었다. 소년의 아버지는 슈퍼에 담배를 사러 갈 때면 늘 소년을 그 계단 앞에 세워 두었다. 계단의 높이는 소년의 키보다 조금 더 높았다. 계단은 모두 9개였다. 집에서 나올 때면 소년은 하나 둘 셋…… 계단을 세며 내려왔다. 소년이 계단에 대해 아는 것이라곤 9개라는 것이 전부였다. 슈퍼의 주인과 이야기를 나누는지 아버지는 오지 않았다. 소년은 지루함을 달래기 위해 가랑이를 쭉 찢어 크게 한걸음을 걸었다. 그렇게 아홉 걸음을 걷고서 뒤를 돌았다. 지그재그였다. 담 바로 아래에서는 보이지 않던 계단의 단면이 보였다. 계단의 옆모습은 지그재그였는데, 칙칙한 회색의 시멘트 위에 주황빛 페인트를 칠한 것 같았다. 소년은 계단이 뿜어내는 샛주황의 색깔에, 담벼락과 계단이 마주하는 지그재그의 단면에 매료되었다. 소년은 소리 내어 '지그재그'라고 말해 보았다.

소년은 계단을 오가는 사람들의 발걸음에 대해 상상했다. 오랜 시간 사람들의 몸무게를 버텨온 계단이 경이롭게까지 느껴졌다. 그리고 그동안 그 계단의 옆면이 지그재그인 것을 눈치 채지 못한 것이 신기하기도 했다. 멀리서 발걸음 소리가 들려왔다. 아버지는 어느샌가 소년의 뒤에 우두커니 서 있었다. 아버지의 손에서 뽀얀 연기가 피어올랐다. 동그랗고 새하얀 호빵이었다. 소년의 손 위로 보드라운 호빵이 놓였다. "반만 먹고 아버지 줘라." 아버지는 그렇게 말하더니 주머니에서 담배를 꺼내 물었다. 아버지의 입에서 뽀얀 연기가 뿜어져나왔다.

한참을 걷다보니 소년의 걸음은 아버지로부터 한참을 멀어져 있었다. 소년의 아버지는 절대로 소년의 손을 잡아주지 않았다. 종종걸음으로 아버지의 뒤를 좇다 넘어졌던 어느 날에도, 아버지는 멀찍이 서서 소년을 바라보고 있었다.

헥헥거리며 숨을 내뱉을 때면 소년의 입에서는 뽀얀 연기가 뿜어져나왔다. "어무이…… 잉……" 아버지의 뒤를 따라가기 힘들었던 소년은 어머니를 찾으며 우는 소리를 냈다. 하지만 소년의 머릿속에 떠오르는 건 어머니의 얼굴이 아니었다. 샛주황 빛깔의 계단이었다. '지그재그' 라는 독특한 어감의 단면을 가진 계단이었다. 어느 날엔가는 소년의 어머니도 밟았을지 모르는 계단이었다. 머릿속의 계단 위로 수천, 수만 개의 발자국이 쌓이는 순간에야 소년은 도리질치며 상상에서 벗어났다. 그 발자국들 틈에 소년의 어머니의 발자국도 있지 않을까, 하고 되뇌는 순간에야 소년은 자신이 단 한 번도 어머니의 얼굴을 본 적이 없다는 사실을 기억해냈다.

그녀에게 후배는 적과 같았다.
불편한 동거생활에서 그녀는 혼자이고팠고, 고독하고 싶었다.
반쪽짜리 인삼껌을 입안에 털어넣은 그녀는 비로소 알았을지 모른다.
그녀의 적은 후배가 아니라 피곤하고 짜증나는 일상과
그걸 홀로 견디는 외로움이라는 것을.

노원구 공릉동 화랑대 간이역 적

적 2 : 흔적, 자취

'터'라는 단어를 마주하면 어쩐지 조금 외로워진다. 원래 그곳
에 있던 무언가는 철저하게 사라져버리고 공간만이 우두커니 남
아 있다는 느낌 때문이다. 서울을 돌아다니다보면 '터'라는 단어를
참 많이 접할 수 있다. 광흥창 터, 사간원 터, 정철 생가 터……. 존
재는 사라지고 터를 표시하는 비석들만 세워져 있다. 비록 지금은
상상할 수 없는 무형의 것. 하지만 그것들은 분명 그때, 거기에 있
었다. 한때는 누군가의 전부였을 공간이 자취를 감추고 터만 남았
다. 마음 한편이 아려온다. 한편으로 무언가의 '터'라고 이름을 남
길 수 있는 곳이었다는 영광을 동시에 안고 있다고 생각하니, 외로
움은 조금 가셔지는 듯하다.

물론 지금 내가 보는 서울의 모습 또한 영원하지는 않을 것이
다. 어떤 공간은 영원히 사라지고, ○○터라고 표시만 남아 기억될
지 모른다. 화랑대 간이역 역시 그런 공간 중 하나가 되어가고 있
다. 화랑대 간이역은 기차역으로 이용하는 사람이 줄어들어 '간이
역'이라는 이름을 달게 되었다. 허나 그마저도 이용 빈도가 낮아

아예 폐쇄되고 말았다. 폐역. 한때는 화랑대역이라는 이름을 가졌고, 떠나고 돌아오는 사람들로 붐볐을 역. 그 역이 이제는 사람들의 기억속의 기차역으로 남게 된 것이다.

나 또한 화랑대 간이역을 찾아갔던 날들을 생생하게 기억한다. 녹지 않은 눈, 끊임없이 뿜어져 나오던 입김, 간이역 안에 있던 작은 난로, 난로 위 주전자, 따듯한 차 한 잔, 누르는 느낌이 유난히 깊던 오래된 피아노, 사람 없는 역을 지키던 역장님과 뼈다귀를 물던 두 마리의 개. 그 모든 것들이 아직도 화랑대 간이역이라는 이름에 생명을 불어 넣는 듯하다. 이제 화랑대 간이역은 문을 닫았고, 그곳을 기억하게 되는 사람도 점차 줄어들게 될 것이지만.

중요한 것들은 사라지지 않는다. 화랑대 간이역이 비록 터만 남고 자취를 감출지라도, 그곳에서 따듯한 차를 나누고, 방명록에 이야기를 적고, 피아노를 딩동거렸던 모든 이들에게 화랑대 간이역은 사라지지 않을 것이다. 마음속에 남아 있는 깊은 흔적을 누군가에게 이야기하고, 그리워한다면 말이다.

내가 일요일 오후의 대화를 얼마나 기다렸는지 알게 되겠지.
어느새, 미처 눈치를 채기도 전에,
정희가 있는 세계 속으로 깊숙하게 들어왔다는 것을,
그래서 이제 그 이전의 세계로는 돌아갈 수 없다는 걸 깨닫게 되겠지.

— 김연수 「밤은 노래한다」 중에서

다시 한 번 그를 선생님~ 하고 부를 수 있다면 얼마나 좋을까요? 그 아득해진 시간들을 돌릴 수만 있다면 나는 정말이지 그를 사랑하지 않고 다만 선생님~ 하고 마음껏 부를 겁니다. 선생님을 짝사랑한 학생의 이야기도 많겠고, 선생님과 학생이 서로 사랑에 빠지는 이야기도 많을지 모릅니다. 그렇지만 나는 감히 그와 나의 사랑만은 특별한 것이었다고 말하고 싶습니다. 무엇이 그리도 특별했느냐 묻는다면 나는 또 아무 말도 하지 못할지도 모르겠습니다. 사랑은 그런 것이지 않겠습니까?

219

우리는 여느 연인들처럼 우연한 시간과 공간을 함께하기 시작했습니다. 내가 수많은 학원들 중 A학원을 고르고, 그가 수많은 단과 수업 반 중에서 B반을 고르는 작고 사소한 우연으로 인해 우리는 만났습니다. 왜 하필 그때 거기에 우리가 함께했는지 나는 놀라울 따름입니다. 아주 오래 전의 사소한 선택이라도 다른 것으로 바뀌었다면 아마 우리는 만나지 못했을지도 모르는 일입니다.

다시 한 번 그를 선생님~ 하고 부를 수 있다면, 나는 아마 또 그를 사랑하게 될지도 모르겠습니다. 그는 스무 명 남짓의 언어 단과반 수업의 아이들의 이름을 모두 외우고 있었습니다. 나는 늘 그의 수업을 기다렸고, 그가 읽어주는 시 한 구절, 한 구절을 모두 마음에 새기곤 했습니다. 하지만 나만큼이나 그 무렵 내 또래들의 감성은 대단히도 보드랍고 여린 것이어서 그를 기다리는 소녀는 참으로 많았습니다. 이럴 것도 저럴 것도 없는 평범한 선생님과 학생의 사이였죠. 하지만 내가 그를 사랑하게 된건 그를 선생님~ 하고 부르던 그 무수한 시간들 때문일 겁니다. 그가 나를 사랑하게 된 것 또한 하루에 몇 번 수업 중에 내 이름을 불러주던 시간들 때문일지도 모르지요.

따듯하고 커다란 손이 처음으로 내 손에 와 닿던 순간을 기억합니다. 나는 여전히 그를 선생님~ 하고 불렀고, 그 역시 수업시간처럼 조용히 내 이름을 불렀지만, 밤거리가 어둡다며 데려다주겠다는 마음과, 아무 수업이 없던 날이었지만 수학 보충수업을 들었다며 그의 일이 끝나기를 기다리고 있던 마음은 예전과는 온전히 다른 것이었겠죠. 아아. 달빛뿐이던 좁은 골목을 손을 마주잡고 걷던 그날을 다시 만날 수 있다면. 나는 선생님~ 대신 그의 이름을 불러보고 싶습니다.

이제는 그를 선생님~ 하고 부를 수 없다는 걸 압니다. 내가 대학에 가고 멀어져만 갔던 공유할 수 없는 우리의 시공간 또한 어쩔 수 없었다는 것 또한 압니다. 다만 오늘에야 이렇게 그를 추억하는 글을 쓰는 것은 각자의 시공간 속에서 서로를 놓아주는 일 또한 너무나도 자연스러운 과정이었음을 알게 된 탓입니다. 그와 이별했지만 꽤 시간이 흐른 뒤에야 '이별'이란 말을 이해하게 되었습니다. 이별을 온전히 알지 못했던 그 수많은 날들, 나는 몹시도 그를 사랑하고 또 증오했겠지요. 왜 하필 우리가 무수한 갈림길을 따라 만나게 되었는지, 그 시공간을 함께 나누며 나의 이름을 부르고, 그를 선생님~ 하고 불렀어야 했는지. 다시 한 번 그를 선생님~ 하고 부른다면 나는 알게 될지도 모르겠습니다.

이것은 결국 사랑 이야기다.
누군가의 가슴속에 남은 흔적에 대한 이야기다.
격정의 시대는 결국 흘러가 터만 남고 자취만 남을 뿐이다.
영국터기에 남은, 두 사람의 편지에 남은,
해연의 마음속에 남은 정희와의 사랑의 흔적.
그 외로움의 흔적이 결국 외로움을 달랜다.

서울 골목 친해지기 :

종로구 통인동 서촌
초

초 1 : 시간 second

경복궁을 기준으로 북촌에는 미술가, 예술가가 많았고, 서촌
에는 문장가가 많았다고 한다. 그 땅에서 사람들은 서로 모여 자
기 분야에 힘 쏟았을 것이다. 그래서인지 아직까지도 서울의 북촌
과 서촌은 서로 다른 고유의 분위기를 품고 있다. 북촌과 서촌을
잘 모르는 사람이라도 그 거리를 직접 걸어본다면 느낄 수 있는
정도다.

북촌에는 여러 미술 갤러리가 있고, 의류나 음식문화 같은 감
각적 문화가 발달해왔다. 북촌에는 끊임없이 사람들이 드나들고,
사람들은 정보와 흐름을 나누며 북촌을 변화시켰다. 북촌은 시대
의 흐름을 타고 빠르게 변화하고 또 적응해왔다. 많은 사람들이
카메라를 들고 북촌을 찾는다. 북촌은 예스러운 멋과 현 시대의
멋을 고루 품고 변화해왔기 때문이다. 늘 사람들이 오가고 함께
동시대의 미술, 멋, 문화를 이끄니 북촌은 참으로 동적인 곳이라
할 수 있겠다.

서촌에는 글을 쓰는 문장가들이 주로 모여 살았다고 했다. 그래서일까. 서촌의 분위기는 참으로 정적이다. 오래된 것들이 아직 제자리를 지킨다. 건물은 낡았고, 동네 사람들만이 낡아가는 동네를 지키고 있다. 조용하고 오래된 풍경, 그 속에 서 있노라면 서촌의 1초는 참 길기만 하다. 누구도 길을 재촉하지 않고 변화를 요구하지 않는다. 그저 그 자리에 있을 뿐이다. 아마도 한 가지 사상을 오랫동안 연구하고 제 말로 풀어내던 학자들의 시간이 서촌에 스미었는지도. 서촌의 시간은 참으로 길다.

통인동을 찾았을 때, 이상 집터에 가보았다. 옛집은 이미 헐린지 오래였다. 새로 지어진 건물은 이상을 회고하기에는 충분하지 않다. 이상의 흔적은 어디에도 없다. 잔뜩 실망한 채로 길 위에 서 있다가 문득, 이상이 이 건물 터의 집에 살았다면, 언젠가 이 땅을 밟고, 이 즈음에서 하늘을 바라보고 골목을 보았겠구나 하는 생각이 든다. 1초, 2초, 3초…… 천천히 골목을, 골목의 하늘을 바라본다. 긴 시간이 아주 천천히 흐른다. 막다른 골목이라도, 뚫린 골목이라도 적당했던 그 골목 위에 내가 있다. 거기에서 이상의 13인의 아해를 만났다. 아주 긴 찰나 동안 이상을 만났다.

누군가 서촌에 살았고, 살며 글을 쓰고, 글을 쓰며 살았을 테다. 이상의 집터, 윤동주 하숙집…… 오래된 풍경을 바라보며 한 자, 한 자 글을 적었을 문인들에 대해 생각하는 것만으로 서촌은 하나의 공간이 된다. 서촌의 시간은 더디게 간다. 삶에 딱 마지막 몇 초만이 주어진다면 나는 서촌을 걸을 것이다.

때문에—그 도토리들을 일일이,
야금야금 깨물어 삼키면서도 틈틈이 러닝을 하고 보란 듯이 나의 '야구'를 했다.
이 얼마나 길고 충만한 겨울인가.
즉 나로서는 너무나 길고 충만한 삶을 살고 있었기에
당장 지구가 멸망한다 해도 무엇 하나 아쉬울 게 없는 겨울이었다.
그리고 1999년이 왔다.

— 박민규 『삼미 슈퍼스타즈의 마지막 팬클럽』 중에서

K가 전화를 걸어왔을 때 나는 컴퓨터 모니터 앞에서 졸고 있었다. 점심을 먹고 시간이 얼마 지나지 않은 터라 사무실에는 나른한 공기가 한가득이었다. 햇살이 따사로운 날이라 더욱 그랬던 것으로 기억한다. 비몽사몽 전화를 받았지만 이내 K의 다급한 목소리 때문에 번쩍 잠에서 깼다. 집에는 K와 아이, 둘뿐이었기에 나는 더욱 놀랄 수밖에 없었다. 아내 역시 근무 중일 시간이었다. "K, 왜그래? 아이는? 집에 무슨 일 있어?"

K는 베이비시터였다. 아내와 나는 둘 다 일을 포기하고 싶지 않아 했다. 아내는 출산을 몇 주 앞둘 때까지 출산휴가도 쓰지 않고 억척스레 일을 했다. 그 모습을 보고 내가 육아휴직을 받을까 생각도 했지만, 승진을 위해서는 그 몇 달 간의 실적을 포기할 수 없는 노릇이었다. 아이를 돌봐줄만한 가족도 없었다. 아내와 나는 모두 일찍 부모를 여의고 아등바등 살아왔다. 우리는 결국 아이를 돌보아줄 사람을 구하기로 했다. 아내의 직장 동료인 S가 사람 한 명을 소개해주었다. 남자 베이비시터가 왠지 못 미덥기도 했다. 하지만 S는 K가 정말 꼼꼼하고 성실한 사람이라고 자부했다. 그러면서 둘째를 낳게 되면 자신도 K에게 아이를 맡길 거라는 말을 덧붙였다. 그렇게 해서 K는 아침에 우리 집으로 출근해 아내가 퇴근해 돌아오는 6시 반까지 아이를 돌보아주며 생활하게 되었다.

S의 말대로 K는 정말 믿음직한 청년이었다. K가 온 뒤로 집안은 늘 단정했다. 아이의 물건들도 깨끗하고 꼼꼼하게 정리되어 있었다. 집으로 돌아와 향긋한 내음이 풍기는 이불보를 덮은 채 사근사근 잠든 아이를 보면 우리가 없는 시간 동안 K가 얼마만큼 정성껏 아이를 돌보고 집을 정리하는지 상상할 수 있었다.

조용하고 차분한 성격의 K는 말이 별로 없는 편이었다. 하지만 우리가 아이의 하루를 물을 때면 굵은 목소리로 쉴 새 없이 조잘거리며 아이 이야기를 했다. K는 그 조잘거림마저 차분하다 느껴질 만큼의 목소리만 내곤했다. 그렇기 때문에 전화를 걸어온 K의 목소리가 평소와 다르다는 것은 더욱 극적으로 느껴졌다. "진우 아버지." "K, 왜 그래? 아이는? 집에 무슨 일 있어?" "그림자가 집으로 들어오고 있어요! 그림자가 아이를 삼킬지도 몰라요!" "그게 무슨 말이야 K, 차근차근 얘기해봐." "너무 무서워요. 그림자 때문에 진우 옆으로 갈 수가 없어요."

그 말을 마지막으로 전화는 끊어졌다. 나는 K가 이야기하는 게 무슨 말인지 알 수 없었으나 일단 집으로 가야 했다. 무슨 문제가 생긴 건 틀림없었다. 부장님께 아이에게 문제가 생긴 것 같다는 짧은 말만 남긴 채 집으로 향했다. 아직 오후의 태양이 따사로운 시간이었다. 평소의 온화했던 K의 미소만 떠올리며 가려 했지만 자꾸만 불안한 생각이 스쳐 지나갔다. 집이 가까워지고 발걸음은 빨라졌다. 오는 내내 휴대전화로 K에게 전화를 걸었지만 받지 않았다. "K! 진우야!" 대문을 여는 순간 아이의 이불보에서 풍기던 향긋한 꽃내음이 확 끼쳐왔다. K는 집에 없었다. 아이도 보이지 않았다. 가슴이 철렁 내려앉는 기분이 들었다. 닫혀 있는 안방 문을 열었다. 아이는 킹사이즈 침대 위에 누워 있었다. 가까이 다가가자 새근거리는 숨소리가 들려왔다.

그날, K는 사라졌다. 나는 육아휴직을 냈다. 아내는 S에게 따져보았으나 S역시 K가 갑자기 사라져 연락이 닿는 이가 없다고 말할 뿐이었다. K의 마지막 말을 들은 건 나였다. 믿음직한 베이비시터는 사라졌다. 그 뒤로 어떤 그림자를 볼 때마다 나는 K를 떠올리게 되었다. 그림자가 삼켜버린 청년 말이다.

아무와 무엇의 경계에서 우리는 늘 무엇이 되고자 몸부림친다.
그러나 '아무것도 아님'은 결코 두려운 상태가 아니다.
우리는 그저 '나의 야구'를 하면 된다. 그때엔 비로소 알 것이다.
무엇도 아닌 그 1초가 얼마만큼 길고도 충만한 시간인지 말이다.

마포구 창전동
광흥창 터, 공민왕 사당
초

초 2 : ultra

여행을 떠나기 전 구체적인 계획을 세우는 일, 여행을 하며 그 계획을 따라 움직이는 일은 굴레로 느껴질 때가 많다. 그래서 보통 길을 나서기 전 정하는 것은 '어디'로 갈지, 하나뿐이다. 도착한 뒤부터는 걸음이 닿는 대로 돌아다닌다. 애초에 치밀한 계획을 세우는 성격이 못되는 탓이지만, 여행지에서 만나는 우연과 흐름 같은 것을 중요시하기 때문이기도 하다. 무엇을 보고 무엇을 할지 정해져 있지 않다 해도 걱정할 필요 없다. 곧 무엇인가를 보고 무언가를 하게 될 테니.

방향과 목적이 사라지는 순간, 가만히 서서 주위를 빙 둘러본다. 그래도 느낌이 오지 않을 때는 다시 한 번 천천히 비~잉 둘러본다. 어디쯤에 유난히 나를 부르는 길이 있다. 그 길을 따라 들어간다. 처음 가본 곳이라 길을 모른다 해도 상관없다. 그 길이 나를 불렀으니 또 다른 생명이 내게 돌아가는 길 또한 이야기 해줄 것이다. 나를 부르는 존재의 목소리에 집중하는 것, 그게 묘미다.

237

5월의 어느 날. 사진을 찍으러 나왔지만 별다른 목적지가 없다. 6호선 광흥창역에 내린다. 어디로 가야 할까, 하고 주위를 살피다 상수역 방향으로 걷기 시작한다. 육교 즈음에서 옆에 있는 건물과 지붕의 느낌이 좋아 사진을 찍는다. 다시 걷기 위해 고개를 돌린다. 갑자기 맞은편 길에 보이는 골목으로 들어가고 싶어진다. 육교를 건너고 보니 아파트 단지에 어울리지 않게 '공민왕 사당'이라는 이정표가 보인다. 무언가에 이끌리듯 골목길로 파고든다. 아파트 단지 안에 뭐가 있을까 반신반의하며 걷는다. 멀리에 키가 큰 나무들이 보이기 시작한다. 가슴이 뛰기 시작한다. 발걸음은 사뭇 빨라진다. 그렇게 나는 공민왕 사당, 그리고 광흥창 터에 도착하게 된다.

318년이나 된 느티나무의 그늘에서 맞는 바람은 시릴 만큼 시원했다. 지난 318년 동안 그 자리에서 많은 것들을 보았을 나이 많은 나무. 그 나무는 가지에서 318번째 새로운 잎새들을 틔우고 있었다. 그러고는 저 멀리에 있는 나를 불러 그늘에 앉혀 따사로운 햇볕을 피하게 해주었다. 그 나무가 나를 그곳으로 불렀다. 나이 많은 느티나무의 초월적이고 특별한 기운이 내 발걸음을 이끌었다고 믿는다. 나무 그늘에서 맞던 시린 바람은 언제고 또 그리워질 것 같다. 물론 서울에 나이 많은 나무는 여럿 있고 기념물로 지정된 나무들도 있다. 하지만 광흥창 터의 오래된 나무들, 그중에서도 318년 된 느티나무에겐 어쩐지 특별한 구석이 있었다. 참으로 특별했던 그늘과 바람.

광흥창역에 왜 '광흥창'이라는 이름을 붙였는지, 공민왕 사당이 그곳에 있는지 아무것도 모르고 출발한 여행이었다. 하지만 나를 부르는 목소리에 집중한 끝에 그 목소리를 들었다. 그 뒤로는 그저 목소리가 이끄는 대로 걸었을 뿐이다. 마침내 많은 것을 보고 듣고 느껴 알게 되었다. 어디로 가야할지 모르겠다 해도 걱정할 필요 없다. 하루쯤은 초월적인 힘, 우연에 몸을 맡기면 된다. 어느 쯤에선가 가장 특별한 나무 그늘을, 시리도록 찬바람을 만날 수 있을 것이기에.

239

그래두 할 수 없지. 여기 사람들 전부가 날 미워하지.

하지만 새루 태어난 이들에겐 새 세상이다.

— 새 세상까지 미운 게 따라다녀서야 되겠습니까?

깨끗이 씻구 가셔야죠.

(중략) 까무룩, 하더니 헛것이 사라졌다.

요섭은 다시 자리에 눕는다. 여전한 빗소리.

— 황석영 「손님」 중에서

석민은 일단 지하철을 타기로 했다. 집이 아닌 어디로만 간다면 문제가 없을 것 같았기 때문이다. 석민은 지난 며칠간 집에만 돌아가면 스스로를 잃었다. 옆방에 세 들어 사는 여자 때문이었다. 늘씬한 몸매에, 찰랑이는 긴 생머리. 사근사근한 말투, 웃을 때 반달로 접히는 눈꼬리. 길에서 우연히 보았다 해도 다시 보고 싶어졌을 여자였다. 그런 여자가 자신의 작은 빌라로 스스로 찾아왔다는 사실에 석민은 못내 기뻐했다. 여자가 방을 구하러 왔던 날 1층 오른쪽 방이 비어 있기는 했으나 석민은 방이 딱 하나 있다며 자신이 생활하는 2층 방의 옆방을 소개해주었다. 다행히도 여자는 방을 마음에 들어했고 계약을 하고 돌아갔다. 석민은 처음엔 2층 계단에서 우연히 여자와 마주치는 것만으로도 기분이 좋았다. 하지만 여자가 감은 머리를 채 말리지도 못하고 집의 하자를 이야기하러 오거나, 짧은 반바지와 민소매 차림으로 집 앞을 오가는 모습을 보이거나 하면 주체할 수 없을 만큼 여자가 궁금해졌다. 안고 싶었고, 그때마다 스스로를 타이르며 참아야 했다. 옆방 여자에 대한 궁금함은 매일같이 석민을 조여 왔다. 밖에서 제대로 생활을 하다가도 집에만 돌아오면 온통 여자에 대한 생각을 했다. 여자를 매일 상상하다 견디지 못한 날은 여자의 현관문 앞에 놓인 쓰레기봉투를 주워오기도 했다. 봉투를 뜯어 살피다가도 제정신이 들면 얼른 쓰레기를 내다버렸다. 또 어느 날은 셋방 여자에게 주기 전에 몰래 복사해둔 열쇠를 들고 만지작거리기도 했다. 옆방 여자가 평소 돌아오던 시간까지 2시간 정도가 남아 있었다. 여자의 방문 앞에 섰다. 1층 대문이 열리는 소리가 났고, 1층 왼쪽 방에 사는 남자가 들어왔다. 석민은 재빨리 열쇠를 주머니에 넣고 계단으로 내려가 남자에게 눈인사를 건넸다. 석민은 여섯 개 묶음의 캔맥주를 사와 단숨에 마셔버리곤

241

잠이 들었다. 그날 꿈에는 옆방 여자가 등장했다.

석민은 사정이 생겼으니 방을 빼달라고 얘기해볼까도 고민했다. 그러다가도 아름다운 그녀를 다시 볼 수 없는 것은 상상할 수 없었기에 이내 단념했다. 어느 날부터인가 석민은 낮에 일하는 동안에도 여자에 대해 생각했다. 그때마다 여자는 속옷도 하나 걸치지 않은 모습으로 석민의 머릿속을 떠다녔다. 석민은 집으로 돌아가는 일이 두려워졌다. 2층 계단을 오르다 여자의 흔적을 하나라도 발견한다면 또 스스로를 주체할 수 없을 만큼 미쳐버릴 것 같았기 때문이었다. 그래서 석민은 일단 지하철을 타기로 했다. 집이 아닌 어디로만 간다면 될 것 같았다. 집으로 가는 방향과 반대 방향의 지하철을 탔다. 다른 호선의 차로 갈아탈 수 있다는 방송만 나오면 아무데나 내려 열차를 바꿔 탔다. 그러다 석민은 어느 역에선가 내렸고, 밖으로 나와 조금 걷자 한강공원이 나왔다. 공원엔 사람들이 붐볐다. 석민은 사람들 속을 헤치며 걷다 지쳐 벤치에 앉았다. 맞은편 잔디밭에는 돗자리를 펴고 앉아 깔깔대는 젊은 여자들이 있었다. 옆방 여자의 또래쯤 되겠다 생각하며 돗자리 위의 여자들을 바라보던 석민은 무리들 틈에서 익숙한 얼굴을 발견했다. 옆방 여자였다. 석민은 벌떡 일어나 달리기 시작했다. 여자로부터 도망쳐야 했다. 그렇지 않으면 석민은 수많은 망상들 속의 자신처럼 여자를 안으려 들지도 모르겠다고 생각했다. 집, 집으로 돌아가야 했다. 여자가 없는 그 건물의 한켠에서 잠들어버리고, 내일 날이 밝으면 여자에게 전화를 걸어 방을 빼달라고 부탁하겠노라 생각했다. 부랴부랴 지하철을 타고 동네에 도착했다. 그제야 한숨을 돌린 석민은 고개를 들어 하늘을 보았다. 전봇대 위로 얼기설기 연결된 전깃줄들이 보였다. 그중 어느 전선이 자신의 빌라로 오는 줄인지는 알 수가 없었다. 그것

242

들은 조금 바뀌어도 아무도 눈치채지 못할 것 같았다. 또 누구도 각각의 전선줄로 연결된 삶들을 궁금해하진 않을 것이었다. 남자는 집으로 들어가 여자의 방 열쇠를 찾기 시작했다. 여자가 평소 돌아오던 시간까진 2시간 정도가 남아 있었다.

마포구 창전동 : 초

죽어서라도 고향으로 돌아가고 싶었던
형의 소망은 초월적으로 동생에게 전해진다.
세상에는 세상에 존재하지 않는 목소리가 있다.
그렇기에 무심코 스쳐 보내는 순간에도 그 목소리에 귀 기울여볼 필요가 있다.
어느 날엔가 당신에게 정말 특별한 순간을 선사할 목소리일 테니.

송파구 방이동 올림픽공원
키

◈

키 1 : 신장

보통의 나무들은 사람들보다 키가 크고, 보통의 꽃들은 사람　250
들보다 키가 작다. 그래서인지 내 키보다 키가 큰 해바라기를 보았
던 날의 기억은 쉬이 지워지지 않는다. 나는 그 해바라기를 올림픽
공원에서 만났다.

송파구 방이동의 올림픽공원. 매 순간 나를 날것으로 만들어
주는 곳이다. 그 날것의 느낌이 좋아 종종 올림픽공원을 찾는다.
올림픽공원에 가기 위해서는 8호선 몽촌토성역이 가깝다. 하지만
2호선 잠실역에서 내려 올림픽공원에 가곤 한다. 잠실역 지상으로
올라오면 신분증만으로 자전거를 무료로 빌릴 수 있는 대여소가
있기 때문이다. 자전거를 빌려 올림픽공원을 향해 달린다. 시원한
바람이 스쳐 지날 때마다 조금씩 가벼워진다. 그 건강한 바람과
마주하는 순간, 그 무엇도 아닌 '날것의 나'가 된다.

공원의 깊숙한 곳으로 들어간다. 나무 숲길을 지나 몽촌토성
으로 가면, 울창한 나무와 잔디가 어우러진 터가 나온다. 올림픽

공원의 유명한 '나홀로나무'가 나오면 제대로 도착했다. 여름의 끝 자락, 잔디밭 위에 오도카니 서 있는 나무 한 그루 앞쪽에는 해바라기 군락이 노랗게 익어가고 있다. 그곳에서 내 키보다 키가 큰 해바라기를 보았다. 조심스레 옆으로 다가가 서본다. 살짝 고개를 들어 해바라기와 눈높이를 맞추는 순간, 나는 작아진다. 샛노란 생명 앞에서 작아진 나에게서 또 한 번 '날것의 나'를 만난다.

사람이 잘 다니지 않는 길 한 편에 자전거를 세워둔다. 흰 울타리가 쳐져 있지 않은 잔디를 찾아 들어간다. 신발을 벗고 사뿐사뿐 잔디 위를 걸어본다. 간질간질 발끝에 와 닿는 초록에 기분이 좋아진다. 나를 간질이는 잔디가 좋아 쉽사리 공원을 떠날 수가 없다. 연습장 몇 장을 찢어 엉덩이와 등에 깔고 누워본다. 나뭇잎과 하늘, 하늘과 나뭇잎뿐인 하늘이 아른거린다. 까무룩 잠이 들 듯 몽환적이다. 잔디 위에 누우니, 생각하려 했던 것들은 잊히고, 잊으려 했던 것들이 생각나버린다.

자전거를 반납하고 다시 잠실역으로 들어서는 순간, 내 키보다 큰 해바라기의 얼굴이 떠오른다. 키 큰 해바라기 너머의 세계가 떠오른다. 그 세계가 꿈속의 세상은 아니었나 의심이 들 정도다. 일상 속에서 나는 자전거가 만들어주는 건강한 바람도, 키가 큰 해바라기도, 발끝을 간질이는 잔디도 마주할 수 없다. 키 큰 해바라기 너머의 세계에 살던 '날것의 나'도 일상의 규칙에 숨죽이고, 사람들을 향해 웃고, 생각하려 했던 것들을 끊임없이 생각하며 살아가게 될 것이다.

철수하는 적들을 바다에서 잡을 수 없다면,

어느 날, 적들이 모두 떠나버린 빈 광양만 바다의 적막을 나는 감당할 수 없었다.

(중략) 적들이 홀연 스스로 빠져나간 그 빈 바다의 텅 빈 공간,

적이 안개처럼 스스로 물러가서

더 이상 아무런 조준점도 내 앞에 남아 있지 않는

그 빈 바다를 상상할 수 없었다.

— 김훈 「칼의 노래」 중에서

그맘 때의 우리는 동그라미를 그리는 데에 열중했다. 보라와 나는 얼마나 다양한 종류의 동그라미를 그려낼 수 있는지 대결했다. 학교에 올 때마다 풀 뚜껑, 동전 따위를 바지런히 챙겨왔다. "에이~" 까끌까끌한 당면 탓에 풀 뚜껑의 동그라미나 동전의 동그라미는 온전히 동그랗지는 못했다. 다른 준비물은 잊어도 동그란 무엇을 챙기는 일은 잊지 않았다.

"하나 둘 셋 하면 꺼내자."

어느 날의 우리는 두 개의 냄비뚜껑을 들고 웃어야 했다. 그날은 제법 커다랗고 온전한 동그라미를 그릴 수 있었다. 집으로 돌아가는 길에도 보라는 계속 웃어댔다. 집으로 돌아와 냄비 위에 뚜껑을 다시 올리고 나서야 나는 보라의 냄비뚜껑과 내 냄비뚜껑이 바뀌었음을 알았다. 나는 보라가 웃었던 것처럼 한참을 웃었다. 결국 나는 다음날도 책가방에 냄비뚜껑을 넣어가야 했다.

보라가 가방에서 꺼낸 것은 구멍이 두 개가 뚫려 있는 빨간 단추였다.

"우리 집 냄비뚜껑은?" 나는 얼른 보라의 가방을 열어보았다. 가방에 들어 있는 것은 단팥빵 하나와 필통, 교과서 한 권 뿐이었다. 보라는 단추를 종이에 대고 동그라미를 그린 후에 대답했다. "오늘 우리 집에 놀러 올래?"

우물우물 단팥빵을 먹으며 보라에게 팔짱을 꼈다. 따뜻하게 데운 우유 냄새 같기도 하고, 오랫동안 이불 위에 누워 있던 고양이 냄새 같기도 한 냄새가 났다.

"보라야"

"응?"

"보라야"

"왜?"

네가 있어서 난 정말 좋아, 라고 말하려다 나는 그냥, 하고 답해버렸다. 보라의 방에서는 보라의 몸에서 나던 따듯한 냄새가 났다. 나는 방 어느 구석엔가 몸을 숨긴 고양이가 있지 않을까 하고 살폈지만 방에는 보라와 나, 둘 뿐이었다. 한참 동안 서랍을 뒤지던 보라는 손바닥만 한 통에서 무언가를 꺼냈다.

"이걸 쓰면 반칙인가?" 하며 웃는 보라의 손에는 날이 반짝이는 컴퍼스가 올려져 있었다. 나는 보라에게서 컴퍼스를 건네받았다. 필통을 꺼내 날이 무뎌진 연필 하나를 컴퍼스에 끼웠다. 새하얀 종이 위에 중심을 꽂고 빙그르르 컴퍼스를 돌렸다. 원을 선명하게 그리려고 힘을 주는 순간 컴퍼스는 삐긋거리며 반지름을 늘렸다. 내가 처음 컴퍼스로 그린 동그라미는 반쪽이 다른 한쪽보다 큰 동그라미였다. 저녁 무렵 집으로 돌아와 가방을 연 나는 내 가방 안에 그대로 들어 있는 보라의 냄비뚜껑을 보았다. 냄비뚜껑을 코에 대고 보라의 냄새를 기억해내려 애썼다. 뚜껑이 아닌 내 손끝에서 흐릿한 보라의 냄새를 기억해낸 나는 웃으며 동그란 무언가를 찾기 시작했다.

254

두려움은 알 수 없는 어둠에서 비롯된다.
아무것도 보이지 않기에, 대상에 대해 알 수 없기에 상상하게 되고
두려워하게 된다. 그러므로 두려움은 결국 상상에서 비롯된다.
저 너머의 세계가 어떤 형상과 무게를 가졌는지는
우리의 상상에서 태어나는 것이다.

서초구 반포4동 고속버스터미널
키

키 2 : key 열쇠

"내가 어떻게 하면 좋을까요?" 누군가에게 해답을 묻고 싶은 날들. 누구에게나 그런 날이 있다. 하지만 누구도 나의 문제에 대해 대신 고민해줄 수 없고, 답을 해줄 수 없다는 것을 이내 알게 된다. 그 사실은 더 큰 절망을 주기도 한다.

버스터미널에 대한 기억은 몇 없다. 친구들과 강원도 여행, 농촌 활동에 참가했다가 돌아오던 날. 그뿐이다. 버스터미널로부터 멀어진 것은 나만의 이야기가 아니다. KTX나 저가 항공기 등의 다른 이동 수단들이 이미 고속버스를 앞질러갔다. 또 KTX와 비행기는 화장실이나 식사 시설 등 버스가 갖추지 못한 시설을 제공한다. 이런 편의로 인해 사람들은 점차 버스터미널로부터 멀어져갔는지 모른다. 하지만 자연스러운 일이다. 가능하다면 빠른 것과 편한 것을 찾는 일 말이다.

누구도 답해줄 수 없는 마음의 문제를 품고 있는 날들. 마음의 문제를 해결할 수 있는 해답, Key를 찾아내고 싶다면, 버스터미널과 가까워져보는 건 어떨까. 버스를 타고 짧은 여행을 떠나 서울로 부터 멀어져가는 것이다. 화장실도 없고, 먹거리를 파는 판매원도 없지만, 몇 시간을 달린 후에야 멈춰선 휴게소에 발끝을 내딛을 때의 개운함이나 상쾌함은 있다. 쿰쿰한 버스 냄새와 덜컹거리는 버스의 진동이 괴로울 수 있지만, 한 자리에 오랫동안 앉아 오로지 나에 대해서만 생각할 수 있는 시간은 행복하다. 여행을 떠날 수 없는 처지라도 좋다. 일단 버스터미널로 간다. 대기실의 수많은 의자 중 아무 곳에나 자리를 차지하고 앉는다. 양손 한가득 짐을 들고 걸어가는 아주머니들, 부대 복귀를 위해 표를 끊는 군인들, 버스 타기 전에 과자를 사달라고 어미를 조르는 어린 아이들, 출발 전 자판기 커피 한 잔으로 마음을 다잡는 운전기사들. 그 수많은 움직이는 풍경들과 마주한다. 아무런 생각 없이 정지한 채로 그저 바라보기만 하면 된다. 끊임없이 서울로부터 멀어지고 가까워지는 사람들의 풍경을, 나와는 아무런 상관없는 사람들을, 일상과 전혀 가깝지 않은 타인의 일상을 그저 바라보는 것이다.

뻔한 이야기겠지만, 마음의 문제는 결국 스스로의 것이다. 누구도 대신할 수 없는 고뇌의 시간이 필요할 뿐이다. 오랜 시간을 거친 후에 나오는 문제 해결의 열쇠들은 나에게서 나오고, 나에게로 간다. 덜컹이는 버스에 꼼짝없이 앉아 있는 지루한 시간을 통해, 버스터미널을 오가는 타인을 그저 바라보는 의미 없는 시간을 통해, 나조차 알지 못하는 새 다가온다. 조금은 느리고 불편하겠지만, 결국은 도착할 것이다.

걷다가 문득 햇볕에 달궈진 머리카락을 만지며 뜨겁구나,
생각했던 오후를 기억한다. (중략)
야생 벌집이 있는 나무 아래를 지날 때, 서로서로 눈을 맞추며
걸음 소리를 죽이던 것을 기억한다.
소리 없이 웃던 얼굴들, 그 눈들을 기억한다.

— 한강 「바람이 분다, 가라」 중에서

케이, 넌 그때 Q의 표정을 기억하니? 그때 난 Q를 바라보고 있었어. 난 Q가 멀미를 한다고 생각했어. Q는 어려서부터 차를 타면 멀미가 심했거든. 심할 때는 지하철을 타고도 멀미를 했어. 그럴 때면 늘 그런 표정으로 끙끙댔지. 어쩐지 Q는 그 전부터 계속 물을 들이켰어. 난 혹시 Q가 씹을만한 껌이 있나 가방을 뒤져봤어. 가방에는 먹다 남은 초콜릿만 몇 조각 있었지. 하지만 Q는 초콜릿은 먹고 싶지 않다고 했어. 그때부터 Q는 줄곧 한마디 말없이 창밖을 보기 시작했어. 차라리 잠을 자는 게 나을 텐데? 난 말했지만 Q가 그 말을 들었는지는 모르겠어.

제이, 넌 그때 Q의 표정을 기억하니? 그때 난 Q를 바라보고 있었어. 아, 물론 그때 난 운전중이었지. 난 Q가 나에게 화가 나 있다고 생각했어. Q는 화가 났을 때 주로 그런 표정을 지었거든. 그날 아침 Q가 도착했을 때, 나는 장난삼아 Q에게 20분이나 늦었으니까 음료수를 사달라고 했어. 평소 같으면 서글서글 웃으면서 사과하고 음료수를 샀을 녀석인데, 유독 그날만은 아무 말 없이 메고 있던 가방을 차에 싣고 자리에 앉아버리는 거야. 나는 어쩐지 무안해져서 바로 운전석으로 가 앉았지. 그때부터 자꾸 신경이 쓰이는 거야. 늦었다고 뭐라고 했던 게 실수였나. 운전을 하면서도 백미러로 계속 Q의 행동을 살폈어. Q가 말없이 창밖을 보는 순간부터는 내가 사과를 하고 기분을 풀어줘야 여행을 즐겁게 할 수 있겠구나 싶었어.

케이, 난 그때 안전벨트를 매고 있었어. 뒷자리 탑승자도 안전벨트를 꼭 해야 안전하다는 뉴스 보도에 대해 Q에게 떠들고 있었지. 'Q, 너도 안전벨트 해. 내가 네 대신 생존자 증언을 하는 수도 있다고. 얼른.' 그 말이 마지막이었어. 난 먼저 안전벨트를 채웠고, Q의 얼굴을 바라보는 순간, 시간이 멈췄어.

제이, 난 그때 CD를 찾고 있었어. Q의 기분을 풀어줄 겸 Q가 제일 좋아하는 음악 CD를 찾고 있었지. 그날 아침에 나오면서 너희가 좋아하는 CD를 챙겨왔거든. 분명 그 CD들을 운전석 옆자리에 올려두었는데, CD가 없는 거야. CD는 옆자리 바닥에 있던 쇼핑백 위에 떨어져 있었어. 앞서가는 차가 없는 걸 확인하고, 나는 CD를 향해 손을 뻗었어. 그게 마지막 순간이었지. 우리 셋이 함께하던 시간 말이야.

케이, 난 그때 Q의 표정을 기억해. 우리는 Q에게 물었어야만 했어. 지난 밤 네게 무슨 일이 있었던 거냐고. 왜 그런 표정으로 말없이 창밖을 보고 있냐고. 우리에게 이야기해줄 수 없냐고.

우리는 물었어야 했어.

정희는 인주의 물건들에서
인주의 죽음이 자살이 아님을 증명해줄 열쇠를 찾는다.
그러나 정희는 인주를 기억해내고 기억하는 과정에서
이미 그 열쇠들을 발견했는지도 모른다.
인주는 정희에게 말한다.
기억하고, 기억하며 오래 살라고.
살아서 기억해달라고.

종로구 인사동 낙원상가 탐

⊕

탐 1 : Tom(보통의 이름)

철수와 영희. 누구든 몇 번이고 불러봤음직한 이름. 누군가 평
생을 들었을 이름. 어느 나라든, 어느 시대든 남자와 여자 이름으
로 많이 쓰이는 이름들이 있다. 하나의 보통명사처럼 되어 버리는
이름들. 그러나 우리는 그 이름을 가진 수많은 보통의 존재들이
살아가고 있음을 안다. 살아가며 몇 명의 철수와 영희를 만났고,
그들 모두가 하나도 같지 않음을 느낀다. 각각의 철수와 영희는 서
로 다른 꿈을 품고, 서로 다른 인생의 이야기를 적어나간다. 하지
만 서로 다른 인생을 품기에 모든 철수와 영희는 조금씩 닮아 있
기도 하다.

인사동, 낙원동 거리에서 마주한 수많은 보통의 존재들도 그러
했다. 거리 위에, 건물 안에서 저마다의 꿈을 메고 서 있는 사람
들. 영희는 수공예품을 만들고, 영희는 음료를 만든다. 영희는 악
기를 연주하고, 영희는 누군가를 위한 사진을 찍는다. 이 시대의
많은 영희가 꿈을 꾼다. 거리 위에서 나와 어깨를 스쳐간다.

인사동 거리의 끝자락, 종로 거리가 모습을 보일 즈음이면 거대한 꿈의 상자가 모습을 드러낸다. 낙원상가다. 낙원상가를 처음 찾았을 때는 조금 경이롭기까지 했다. 칸칸이 저마다의 위치를 차지하고 있는 각종 악기들. 악기들 틈 어딘가에 앉아 끊임없이 악기를 고치고 소리를 내보내는 악기 가게의 주인들. 그 사이를 익숙하게 오가며 악기와 장비를 고르는 손님들. 모든 것이 새로웠던 탓이다. 그러기를 몇 번. 악기를 고치는 친구를 따라, 내게 필요한 장비를 사기 위해 낙원상가를 오가며, 그곳에서 따듯한 냄새를 맡는다. 수많은 나무 악기들이 뿜어내는 기운 때문인지, 손끝으로 또 입술 끝으로 소리를 만들어내는 사람들이 뿜는 기운 때문인지 모르겠다. 하지만 낙원상가의 따듯한 냄새는 제법 기분 좋은 것이어서 그곳이 정말 낙원, 이라고 생각해버렸다.

낙원상가는 각종 악기와 음향장비가 거래되는 상가다. 아침 9시에서 저녁 8시까지 누구든 이용할 수 있다. 누구든 낙원에 가보면 그곳을 단순한 악기 상가라고만 생각하지 않게 될 것이다. 낙원은 오랜 시간 그곳을 지키면서 '음악을 하는' 꿈을 지켜온 사람들, 처음으로 자신의 악기를 갖고 그 꿈을 좇는 사람들의 땅이다. 그래서 그곳은 '낙원'이라는 이름이 아주 잘 어울리는 곳이다. 만약 그곳이 재개발 계획으로 사라진다면, 얼마나 많은 이들의 낙원이 사라지게 되는 걸까. 가장 보통의 사람들이 주는 꿈을 지키러 다시 인사동으로, 낙원동으로 발걸음을 향한다.

그럼에도 이사를 결심한 것은
Y씨가 전원주택이야말로 진정한 도시인의 꿈이 아니겠느냐고 물었기 때문이었다.
(중략) 그러자 정말로 전원에 사는 것이
자신의 오랜 꿈인 양 여겨지기 시작했다.

— 편혜영 「사육장 쪽으로」 중에서

그때 엄마는 풀빵을 팔았다. 나는 매일 오후 엄마의 손을 잡고 인사동으로 갔다. 지금은 이름이 기억나지 않는 어떤 화랑에 나를 두고 엄마는 어디론가 가곤 했다. 엄마가 나를 남겨두고 떠나면 나는 엄마의 친구인 진옥이 아줌마 옆에 앉아 따뜻한 코코아를 마시곤 했다. 성급하게 입을 가져다댔다가 입을 데인 날도 있었고, 코코아가 식기를 기다렸다가 차가운 코코아를 마신 날도 있었다. 그럴 때마다 호~ 불어 마셔야지, 따듯할 때 마셔야지 하며 말해주던 사람은 진옥이 아줌마였다. 코코아를 다 마신 후에는 그림책을 보며 시간을 보냈다. 책이 보기 싫을 때에는 의자를 끌어다 앉아 창밖을 지나가는 사람들을 구경했다. 사람들이 숨을 내쉴 때마다 하얗고 기다란 입김이 허공을 떠다녔다. 그 입김들이 허공에서 서로 만나 거대한 입김으로 변하는 상상을 했다. 창밖을 보며 혼자 큭큭 웃었다. 진옥이 아줌마는 내 옆으로 다가와 창밖을 흘끔 보고는 나를 꼬옥 안아주었다. 나는 엄마가 그림을 그리는 사람이거나 도자기를 만드는 예술가일 거라고 생각했다. 작업에 몰두하기 위해 어린 나를 아줌마에게 맡겨두고 가는 것이라 믿었다. 상상 속의 엄마는 그림도 그리고, 도자기도 만들었다. 가끔은 호~ 하고 입김을 모아 커다란 솜사탕 같은 입김을 내게 건네기도 했다. 엄마는 젊고 아름다웠다.

그때 나는 엄마가 만든 풀빵을 먹어본 적이 없었다. 엄마는 인사동에 사람이 많아지는 5시쯤 나가서 화랑이 문을 닫는 10시 반쯤이 되어야 돌아왔다. 엄마는 지친 표정이었지만 진옥이 아줌마 옆에 앉아 있는 나를 발견하면 환하게 웃었고, 나를 꼬옥 안아주었다. 나는 예술이란 참으로 고되지만 아름다운 것임을 직감했다. 진옥이 아줌마에게서는 달콤한 꽃향기가 났지만, 엄마에게서는 고소한 빵 냄새가 났다. "엄

마, 빵 먹고 싶어. 엄마한테서 빵 냄새가 나는 것 같아." 엄마의 품에
안겨 빵을 먹고 싶다 조를 때면 엄마는 늘 "안 돼. 군것질은 안 좋아.
진옥이 아줌마가 챙겨주는 저녁 남기지 말고 다 먹어" 하며 단호하게
말했다. 나중에야 생각해본 것이지만 엄마는 내게 풀빵을 보이지 않기
위해 늘 마지막 손님에게 덤을 얹어주었던 것 같다.

그때 나는 엄마가 풀빵을 팔아 번 돈으로 자라났다. 창밖을 지나
는 사람들을 바라보다가 문득 입김의 꼬리를 따라가 잡는 상상을 했
다. 그러다 어느새 나는 화랑의 문을 열고, 새하얀 꼬리들을 따라가고
있었다. 수많은 사람들 사이에 껴서 나는 화랑의 위치를 놓쳐버렸다.
진옥이 아줌마에게 혼이 날 것을 생각하니 갑자기 무서워졌다. 나는
엄마를 부르며 인파를 헤쳐나갔다. 엄마는 그림을 그리거나 혹은 도자
기를 만들거나 하고 있을 것이었지만, 내 목소리를 들을 수 있을 것 같
았다. 한참을 걷다가 나는 커다란 솜사탕 같은 김이 피어나는 곳을 발
견했다. 그곳을 동그랗게 둘러싼 사람들 사이에서 누군가가 팥이 들어
가는 빵을 만들고 있었다. 익숙한 엄마의 냄새가 나를 불렀다. 과연 엄
마는 예술가였구나. 풀빵을 만드는 엄마는 젊고 아름다웠다.

274

당신도 나도 오늘을 사는 가장 보편적 존재다.
당신과 내가 닮았다 해도 우리는 서로 다른 꿈을 품는다.
만약 우리가 주입된 꿈 혹은 만들어진 꿈을 믿고 좇는다면,
평생 피 흘리며 병원을 찾아 사육장쪽으로,
사육장쪽으로 헤매게 될지 모르는 일이다.

서울 절 친해지기 :

성북구 성북동 길상사
탐

탐 2 : 탐하다

2010년 3월 11일. 날이 조금 흐렸고, 겨우내 내린 눈이 채 녹지 못했던 날로 기억한다. 수업이 끝나면 성북동에 가보자고 친구에게 문자 메시지를 남긴다. 한성대입구역에서부터 이어지는 사람 냄새 넘치는 길들을 걸어 보낸다. 만해 한용운 선생의 심우장도 걸어본다. 마지막 목적지는 길상사. 길상사를 향해 걷는다.

언덕을 오르는 데 유난히 방송국 차량이 많다. 카메라를 들고 오가는 사람들, 여기저기에 전화를 하는 사람들. '무슨 일이 있나?' 싶어서 기자로 생각되는 분께 조심스레 여쭤본다. 그는 '오늘 법정 스님께서……'라며 말을 줄였지만 우리는 그 뒤에 줄여진 말을 이해한다. 조용히 길상사로 들어간다. 사람이 많다. 제일 뒤쪽에 서서 길상사의 풍경을 바라본다.

오늘 아침 문득 든 성북동에 가보고 싶다는 작은 마음. 그 우연한 마음이 나와 친구를 이곳으로 이끌었다. 나와의 인연이라고는 『무소유』라는 책의 독자와 저자라는 것뿐일 법정 스님의 입적

을 앞에 두고, 나는 그저 감사하다고 생각해본다. 그날 오후 TV 뉴스며 인터넷이며 법정 스님의 입적 소식으로 떠들썩했지만, 나는 무언가에 홀린 듯 조금 흐렸던 그날의 하늘을, 눈이 채 녹지 못했던 성북동을, 소란스러웠던 길상사를 몇 번이고 되새김질해 넣었다.

우리는 여전히 많은 것을 탐하며 살아간다. 남의 것을 탐하다 서로의 마음에 상처를 주기도 하고, 누군가의 신체를 해하기도 한다. 나 역시 문득 무언가를 탐하는 욕구가 솟을 때가 많다. 그럴 때면 열여섯 무렵 읽었던 법정 스님의 '무소유'라는 글을 떠올린다. 하지만 여전히 마음 속 욕심을 버린다는 것은 어려운 일이었다. 당신들도 나와 같을 것이다. 무언가를 탐할 때마다 누군가에게 스쳐 들었던 무소유에 대한 이야기, 친구의 책으로 우연히 읽었던 무소유, 부모님께 선물 받았던 무소유……. 수많은 법정 스님의 '무소유'가 기억 속을 떠돌고 있을 것이다. 그렇지만 여전히 어려운 일이라는 것도 알 테다. 법정 스님의 말대로 탐하는 마음을 비우고 무소유의 삶을 산다는 것.

필연을 믿는다. 우연한 사건도 결국은 아주 오래전의 갈림길에서의 선택, 선택, 무수한 선택들이 모여 결국 일어날 수밖에 없는 일이 되어버린다. 1분 전의 사소한 선택이 조금이라도 달라졌다면 그러한 일은 일어날 수 없었을 것이다. 하필이면 수업이 하나뿐이라 시간이 많았던 목요일. 하필이면 가보고 싶었던 성북동. 하필이면 2010년 3월 11일. 그렇게 해서 나는 법정 스님의 죽음과 마주하게 되었다.

그 작은 움직임들의 힘을 믿는다면 당신도 길상사를 찾아보는 건 어떨까. 그 뒤로 몇 번 더 길상사를 찾아갔지만 그날처럼 술렁이던 길상사는 이제 없다. 조용하고 따듯한 길만이, 마음만이 당신을 기다리고 있다.

뇌수는 아직 형태를 갖추지 못하고 흐느적거리는 원형질이었다.
인간의 지각과 기능을 통제하는 사령부가 아니라,
멀어서 아물거리는 기억이나 풍문처럼 정처 없어 보였다.
저것이 아내였던가.
저것이 아내로구나.

— 김훈 「화장」 중에서

내게 먼저 시비를 건 것은 진우였다. 화가 나도 한 번 더 참고 상대방의 기분을 헤아려주는 것이 어른스러운 일이라고 삼촌은 늘 말했다. 그런데 참을 수가 없었다. 나는 서른두 살의 삼촌이 아니라 열두 살의 초등학생이었다. 어른이 아니니까 어른스러울 수도 없다. 나는 진우를 한 대 쳐버렸다. 진우는 내 책상 옆에 걸어둔 책가방에 걸려 넘어질 뻔했다. 넘어진 것도 아니고 넘어질 뻔한 것뿐인데 진우는 매서운 눈빛으로 나를 노려보았다. "미안." 나는 얼른 말했다. 나의 사과에도 진우는 계속 짜증이 나 있는 듯했다. "엄마도 없는 게 재수 없기는." 진우는 다른 애들에게는 들리지 않고 나에게만 들릴만한 목소리로 흘려 말했다. 그래서 나는 진우를 쳐버렸다. 칠 수밖에 없었다. 멀쩡히 있는 엄마를 없다고 하는 것도 참을 수 없었고, 그렇게 야비하게 구는 것도 참을 수가 없었다. 손이 아파 참을 수 없을 만큼 실컷 진우를 때려버렸다. 담임선생님은 내게 엄마를 모셔 오라 했다. 옆에 서 있던 진우가 히죽이며 웃었다.

284

"삼촌, 엄마에게 전화 걸어줘."

"무슨 일이야? 엄마는 왜?"

삼촌은 쉽게 전화를 걸어주지 않았다. 결국은 학교에서 있던 일을 삼촌에게 전부 이야기해야 했다.

"그러니까 얼른, 엄마를 모셔가야 해. 담임선생님 말고 진우한테도 엄마를 보여줄 거야."

내가 엄마를 볼 수 있는 건 일 년에 한두 번뿐이었다. 학예회나 공개 수업 등이 열리는 날이었다. 엄마는 늘 삼촌과 함께 조용히 교실 뒤로 들어왔다. 내가 노래하고, 태권도 시범을 보이고, 발표하는 모습들을 지켜보다가 행사가 끝날 즈음이면 교실을 빠져나가곤 했다. 적어도 내가 기억하는 초등학교 시절엔 그랬다. 엄마는 삼촌보다 조금 더 어려 보이는 얼굴이었다. 그리고 다른 엄마들보다 훨씬 예뻤다. 나는 삼촌 옆에 있는 여자가 우리 엄마라서 기뻤다. 하지만 엄마가 왜 나와 함께 살지 않는지, 가끔씩 찾아와 나를 지켜보고 가는지, 왜 가끔씩 밝고 건강하라는 편지가 붙은 선물만 보내오는지 알 수 없었다. 그저 내가 기억할 수 없는 날부터 그래왔고, 앞으로도 그럴 것이란 것만 어렴풋이 알았다. 그렇기에 난 삼촌에게 한 번도 엄마에 대한 이야기를 캐묻지 않았다. 아름다운 내 엄마에게 그럴만한 사정이 있다면 아들인 내가 따라줘야 하는 것이라고 스스로에게 말하곤 했다. 나는 어른스럽고 싶 었다. 하지만 이번마저도 삼촌이 엄마 대신 학교에 온다면 진우 그 녀 석이 얼마나 깐죽거릴지 상상도 하기 싫었다. 삼촌은 방에 들어가 엄 마에게 전화를 걸고 있었다. 나는 몰래 삼촌방 문앞에 서서 귀에 모든 신경을 집중시켰다. '부탁하…… 아이… 더 클 때까지…… 납득…… 응…… 미안…… 고마워, 자기…… 끊을게.'

나는 서른두 살의 삼촌이 아니라 열두 살의 초등학생이었지만 누 나에게 자기라는 표현은 쓰지 않는다는 사실쯤은 알고 있었다. 어른이 아니니까 어른스러울 수도 없는 열두 살의 나는 그만 으앙, 하고 울음 을 터뜨려버렸다.

성북구 성북동 : 탑

탐하는 마음은 무언가를 갖고 있지 못함에서 비롯된다.
우리가 법정 스님의 정신을 탐하는 것도
우리 자신이 그런 정신을 갖지 못한 탓이다.
나는 추은주를 사랑했던 게 아니고,
아파 죽어가는 아내와 늙어 고장난 자신이 갖지 못한 젊음을,
살아 숨 쉬는 생生을 탐했던 것일지도 모른다.

성동구 옥수동 동호대교
표

표 1 : ticket

여행 도중 파리의 센 강과 런던의 템스 강을 지나게 된 사람이
라면, 그 강 위의 다리를 호젓하게 걸어본 기억이 있을 것이다. 그
만큼 다리는 사람이 사는 곳과 밀접해 있고, 혼자 아닌 여럿이 함
께 걸을 만큼의 인도를 확보하고 있다. 또 다리를 걸어 건너는 사
람들만을 위한 보행자 전용 다리가 있기도 하다. 다리 위에서 바
라보던 강과 도시의 풍경. 함께 다리를 건너던 사람들의 목소리와
웃음 소리. 그 모든 것이 파리, 런던을 찾았던 이들에게 큰 추억으
로 남기 마련이다.

한강은 분명 아름답지만, 한강의 다리들은 무언가 어색하다.
그래서 여러 개의 한강 다리를 직접 건너보았지만, 특별히 문제가
되는 점은 없었다. 어느 날 문득 한강 다리가 아닌 내방에서 그 이
유를 알게 되었다. 유럽 배낭여행 때 찍었던 사진을 보다가 깨달았
다. 런던에서 찍은 사진에도, 프라하와 파리에서 찍은 사진에도 다
리를 건너다가 찍은 사진이 있었다. 강과 다리, 그 너머에 보이는
도시는 서로 잘 어울렸다. 내 뒤를 지나던 다른 여행객들이 사진

에 찍혀 있기도 했다. 프라하의 다리에서는 외국인들이 내 뒤에서 몰래 나와 똑같은 포즈를 취하고 서 있는 순간의 사진이 찍혀 두고두고 재미난 추억으로 남기도 했다.

한강은 아름답지만, 한강의 다리들이 어색한 이유. 한강의 다리들은 사람의 다리가 아니기 때문이다. 한강의 다리들은 철저하게 자동차 위주다. 인도는 최소화되어 있다. 길이 좁아 두 사람이 겨우 나란히 걸을 수 있는 정도다. 다리에 오르는 길을 찾기 어려운 다리도 많다. 길이 쉽게 보인다 해도, 차량 신호가 다 끝난 뒤에야 겨우 다리로 올라갈 수 있다. 그래서인지 한강의 다리는 을씨년스럽다. 접근성도 떨어지고 인도 환경도 좋지 않아 걸어서 건너는 사람들이 거의 없기 때문이다. 아름다운 한강을 즐기기 위해 한강 다리를 건너는 외국인은, 없다.

강을 걸어서 건널 수 있다는 것은 엄청난 축복이다. 어떤 교통수단의 표ticket도 필요로 하지 않는다. 쏟아지는 햇살, 반짝이는 강의 물결, 두 뺨을 스쳐가는 강바람, 해지는 풍경……. 모든 것을 다리를 건너며 즐길 수 있다. 그 자체로 여행이고, 일탈이고, 자유다. 여행을 떠나는 설렘을 시각화해 보여주는 비행기 표나 기차표, 버스 표는 없지만, 한강 다리를 건너는 일은 그만큼의 설렘을 선물한다.

서울시는 광진교의 보행자 길을 정비하고, 사람들이 편하게 건널 수 있게 다리 중간에 신호등을 설치하기도 했다. 하지만 광진교

보다 기억에 가장 남는 다리는 동호대교다. 다른 다리에 비해 인도의 접근성이 좋기도 했고, 무엇보다 그곳에서 볼 수 있는 풍경 탓이다. 동호대교 위에 서자 다리 너머 옥수동이 언덕을 타고 앉아 있는 모습, 작고 수많은 사람의 집들 뒤로 해가 지고 있는 모습이 보였다. 그 모습을 보고 있자니 나도 모르게 카메라 셔터를 누르기 시작했다.

한강의 다리가 사람을 위한 다리가 되기에는 오랜 시간이 걸릴지 모른다. 하지만 세상의 풍경은 마음먹기에 따라 바꿀 수 있다. 한강 다리 위에 선다. 다리의 방향이 몸에 익을 때쯤, 눈을 감고 한발 한발 앞으로 걸어본다. 시원한 강바람이 뺨과 귀를 스쳐가는 게 몸서리치게 좋아진다. 다시 조용히 눈을 뜨면 사방에 반짝이는 물결이 또 그만큼 좋아진다.

화가가 이 세상의 강산을 그린 것인지,
제 어미의 태 속에서 잠들 때 그 태어나지 않은 꿈속의 강산을 그린 것인지,
먹을 찍어서 그림을 그린 것인지 종이 위에 숨결을 뿜어낸 것인지 알 수 없는 거기가,
내가 혼자서 가야 할 가없는 세상과 시간의 풍경인 것처럼 보였다.

— 김훈 「강산무진」 중에서

"주문 말씀하세요."

우연히 들른 커피전문점에서 G를 봤을 때, 너는 아무 말도 하지 못했다. 무엇을 먹으려고 했는지조차 잊은 채 너는 G의 얼굴을 바라보았다. G는 어리둥절한 표정을 지을 뿐, 너를 보고도 알아채는 기색이 없었다. 그 아무렇지 않음 때문에 너는 아는 척하기를 포기했다. 그 사람이 G인지 G를 닮은 사람인지 알 수 없었기 때문이다. 하지만 어떤 이유인지 너는 G를 닮은 그 사람이 G라고 확신했다. 시간이 오래 지나서 G가 너의 얼굴을 바로 기억해내지 못했던 것일 거라고 너는 스스로를 위로했다.

296

너는 몇 번을 마주하고 목소리를 들려주면 G가 너를 기억해낼 수 있을 거라 생각했다. 그때부터 너는 매일같이 G가 일하는 커피 집으로 가 커피를 마셨다. 너는 G가 주말을 제외하고 모든 낮 시간에 그 커피 집에서 일을 한다는 사실을 알아냈다. 늘 다른 직원과 함께 일했기 때문에 너는 G가 계산대 앞에서 주문을 받을 때에만 맞춰 주문을 했다. 더 오래 눈을 마주치기 위해, 더 많이 목소리를 들려주기 위해 너는 더 복잡한 요구사항을 만들어내야 했다. 어느 날은 우유를 저지방우유로 바꿔보기도 하고, 차가운 음료를 시키지만 얼음 없이 미지근한 우유를 넣어달라고도 해봤다. G는 친절하게 꼬박꼬박 대답을 하며 주문을 받았다. 여전히 너를 알아보는 기색은 없었다.

커피를 마시면서도 너는 이따금씩 G를 지켜보았다. G는 G처럼 자주 눈을 비볐다. 특별히 불편한 구석이 없어도 습관처럼 눈을 비비는 것이 영락없는 G였다. 호르륵 호르륵. 너는 그날 시킨 커피가 지나치게 달게 느껴졌다. G에게 시럽을 듬뿍 넣고 우유를 뜨겁게 데워달라고 한 탓이었다. G는 일을 하다 갑자기 재채기를 했다. 에쵸. 듣는 사람을 피식 웃게 만드는 귀여운 재채기 소리가 꼭 G의 재채기 소리였다. 호르륵. G는 바지런히 일했다. 많은 손님에게 무표정했고, 어느 손님들에게는 웃어 보이기도 했다. 그 무표정한 표정도, 웃음을 지을 때 눈가의 주름도 모두 G였다. G를 닮은 사람은 틀림없이 G였다.

G가 너에게 웃음을 띠기 시작한 것은 어느 날엔가부터였다. 너는 G가 너를 기억해냈다고 생각했다. 뒤늦게 기억해낸 것이 민망해 조금 미소를 띨 뿐, 아는 체를 못하는 것이라 생각했다. 열 잔 무료 쿠폰의 도장을 모두 모은 너는 무료 음료를 받는 날에 슬며시 G에게 말을 붙여보기로 결심했다. 네가 커피 집 계산대 앞에 서자 G는 가벼운 눈인사를 했다.

"저, 혹시……"

"아, 음료 열 잔 쿠폰 채우셨어요? 음료 무료로 준비해드릴게요."

너의 말을 가로채 G가 얼른 대답하는 순간, 너는 문득 G를 닮은 사람이 G가 아닐 것이라 확신했다. G는 단 한 번도 너의 이야기를 끊은 적이 없었다. 호르륵. 커피를 마시며 너는 G를 닮은 사람을 지켜보았다. G라기에는 손가락이 너무 굵고 짧았다. G에 비해서 목소리 톤이 낮은 것 같기도 했다. 너는 G를 닮은 사람이 G가 아니라 생각했다. 너는 진짜 G에 대해 더 기억해내려 애썼다. 너의 머릿속에는 G를 닮은 사람만이 떠올랐다. 어떤 모습이 떠올랐다가도, 이내 그게 G인지 G를 닮은 사람인지 헷갈렸다. G라는 사람을 알았던 적이 있던가? 너는 고민하기 시작했다.

성동구 옥수동 : 표

결국은 미국행 비행기표 단 한 장으로 정리되는 삶.
모든 사랑과 증오가 담긴 수많은 이야기도
시간이 지나면 그 형태는 흐릿해져,
산과 산을 휘감은 희뿌연 안개처럼 사라질 수밖에 없다.
동호대교 위에서 맞았던 바람의 기억과 설렘도
안개처럼 자라나 떠돌지라도 결국.

강남구 삼성동 삼릉공원
표

표2 : 표시, 티

아를의 별이 빛나는 밤, 밤의 카페 테라스, 별이 빛나는 밤. 이
셋은 모두 빈센트 반 고흐의 작품 이름이다. 세 편의 별이 빛나는
밤에는 공통점이 있다. 코발트블루로 채색된 밤하늘. 그것은 고흐
의 '별밤 시리즈'를 매혹적으로 보이게 하는 결정적인 힘이다. 짙푸
른 코발트블루의 하늘, 그리고 소용돌이치며 번져가는 별빛을 본
다면, 누구든 고흐에 대해 이야기하고 싶어 하고, 그의 이야기를
마음에 담고 싶어 한다.

고흐는 평생 동안 많은 좌절을 겪고 깊은 우울감에 빠져 살았
다고 한다. 그는 상처 많던 파리를 떠나 작은 마을 '아를'로 가게
된다. 아를에서 지냈던 15개월간 그의 전체 작품 수의 2/3에 달하
는 200여 점의 그림을 그렸다. 그래서인지 더욱 아를의 풍경과 코
발트블루의 밤하늘, 별빛들이 궁금해진다. 하늘이 뽐는 수많은
빛깔 가운데, 코발트블루 말이다.

서울에서도 몇 번쯤 고흐의 밤하늘 빛깔을 꼭 닮은 하늘을 보

았다. 아름답던 코발트블루의 빛깔은 이내 깊은 어둠에 스미어 빛깔이 눈앞에서 사라지자 기억에서도 아스라이 잊혀갔다. 코발트블루를 다시 마음속에 되새긴 것은 밤하늘이 아닌 삼릉공원에서였다. 개울물이 흐르는 소리가 들려올 만큼 조용했고, 비에 젖은 낙엽 내음이 코끝으로 퍼졌다. 푹신한 낙엽 언덕을 밟기 시작했다. 아무도 밟지 않은 눈길을 밟는 것처럼 설레는 일이었다. 걸음을 옮기다가 반짝이는 무언가를 보고 멈추어 섰다. 쭈그려 앉아 자세히 보니, 새끼손톱의 반 정도 크기밖에 되지 않는 작은 풀벌레였다. 다른 벌레라면 낙엽 위에 있는 게 표도 안 날 만큼의 몸집이었지만, 그 작은 녀석이 1미터50센티미터 위의 눈높이에서도 보였던 것은 녀석의 빛깔 때문이었다. 코발트블루. 파란색은 풀이나 흙에서 모두 눈에 잘 띄기 때문에 동물이나 곤충의 피부, 껍질 색은 파랑이 거의 없다고 한다. 하지만 삼릉공원에서 만난 그 풀벌레는 정말이지 딱 코발트블루의 빛깔로 빛나고 있었다. 빛깔이 몹시도 매혹적이라 한참이나 쭈그려 앉은 채 녀석을 지켜보았다. 쉬고 있는지 잠을 자는지 녀석은 꼼짝도 않고 낙엽 위에 앉아 있었다.

많은 공원과 산길을 돌아다녔지만 삼릉공원에서 만났던 녀석 같은 풀벌레는 다시 보지 못했다. 대신 그런 녀석을 찾는 습관은 몸에 배었다. 풀과 낙엽이 많은 곳에서는 행여 작고 반짝이는 코발트블루의 풀벌레를 밟지 않을까, 조심조심 살피게 된 것이다. 너무 작아 표도 안나는 몸집에 고흐의 밤하늘을 담은 풀벌레를 말이다.

그의 엄마는 한겨울인데도 파란 슬리퍼를 신고 있었다.
가을 추수 때 낫을 잘못 써서 엄지 쪽 발등을 다쳤는데
아물지 않아 앞이 터진 신발을 찾다보니 슬리퍼였다 했다.
(중략) 엄마의 손은 꽁꽁 얼어 있었다.
그는 얼음장 같은 엄마의 손을 잡았다.

— 신경숙 「엄마를 부탁해」 중에서

'얼른 끊어. 지금 파란 풀벌레가 날아갈 것 같아.'

그게 내가 엄마로부터 들었던 마지막 말이었다. 배가 고프니 빨리 오라는 말을 하려고 전화를 걸었다. '엄마, 언제와?'라는 물음에 엄마는 다짜고짜 그 마지막 말을 전하고 전화를 끊었다. 나는 배가 고파 동네 슈퍼에서 빵을 하나 사먹었고, 그래도 엄마가 오지를 않아 동네 분식집에서 김밥 한 줄을 먹었다. 그 뒤로도 나는 오지 않는 엄마를 기다리며 김밥으로 끼니를 때웠다. 참치김밥, 불고기김밥을 돌아가며 먹어도 김밥이 지겨울 때쯤 나는 아빠에게 전화를 걸었다.

"며칠 째 엄마가 오질 않는다고? 그걸 왜 이제야 얘기하니? 괜찮니, 수지야? 아빠가 집으로 갈게."

아빠는 내게 걱정하듯 물었지만, 나는 어린 내가 더 어렸던 시절 엄마가 했던 이야기를 선명하게 기억하고 있었다.

'이제 아빠는 우리 집에 오지 않아. 힘든 일이 있어도 아빠한테 전화하면 안 돼. 아빠를 귀찮게하면 안 돼. 엄마 말 무슨 말인지 알겠어?' '응, 엄마.'

그때의 엄마는 평소처럼 예쁘게 화장을 하지도 않았고, 밥도 맛있게 먹지 않았다. 나는 엄마에게 아무것도 묻지 않았지만, 우리 아빠가 죽어 하늘나라로 떠났다고 생각했다. 언젠가 텔레비전에서 보았던 것처럼 엄마의 말이 어린 딸에게 조심스레 아빠의 죽음을 전하는 것이라 믿었다. 아빠가 죽은 게 아니라는 사실은 그로부터 몇 주가 지난 후였다. 어느 저녁 아이스크림이 먹고 싶었던 나는 무심코 수화기를 들어 아빠의 전화번호를 눌렀다. '아빠야, 집에 무슨 일 있니, 수지야?' 아빠, 올 때 아이스크림 사다주세요, 라는 말이 목구멍까지 올라왔다가 놀라서 전화를 끊어버렸다. 몇 번 집으로 다시 전화가 걸려왔지만 나

는 전화를 받지 않았다. 그날 밤 퇴근해서 돌아온 엄마는 왜 아빠에게
전화를 했냐며 굳은 표정의 나를 꾸중했다.

엄마는 며칠 째 집에 오지 않았다. 대신 엄마의 카메라만이 돌아
왔다. 엄마의 것 같다고 경찰서에서 온 연락을 받고 아빠가 찾아온 것
이었다. 엄마의 카메라에는 수십 장의 사진이 찍혀 있었다. 한 장 한
장 넘겨가며 엄마의 사진을 보는 아빠의 곁으로 다가갔다. 조용한 집
안에 마우스를 누르는 소리만이 딸각딸각하고 울렸다. "이런 낙엽은
왜 이렇게 많이 찍었던 거지?" 아빠는 중얼거리며 화장실로 향했다.

멈추어 있던 한 장의 사진과 나는 마주했다. 나는 빼곡한 갈색의
낙엽들 사이에서 동그랗고 파란 점 하나를 발견했다. 코발트빛의 파랑
을 뿜어내는 작은 풀벌레였다. 꼬르륵. 문득 허기가 졌다. 수화기를 들
고 엄마의 전화번호를 눌렀다.

'엄마를 귀찮게 하면 안 되는데.'

나는 얼른 전화를 끊어버리고, 김밥이 먹고 싶다며 아빠의 손을
이끌었다.

308

엄마의 사랑은 표가 나지 않는다.
어쩌면 그것이 무척이나 커다란 것이라
우리의 시야 안에 들어오지 못한 것일 수도 있다.
삼릉공원의 파란 풀벌레는 말한다.
때로 고개를 들고, 때로 고개를 숙여 그 크기를 가늠해보라고.
그리고 숨죽여 오래 바라보고, 기억해달라고.

309

영등포구 양화동 선유도 후

후1 : who

인류의 역사는 셋set과 리셋reset의 역사다. 무수한 사상과 정   314
서, 사물과 시스템이 set, 그리고 reset 되었다. 누가 set했는지, 또
누가 reset했는지 아무도 모르는 채 세상은 균형을 맞추고 듀스 포
인트를 유지해왔다. 탁구에서 공을 주고받는 행위인 '랠리'는 줘야
받을 수 있고, 받아야 줄 수 있는 '주고받음'의 긴밀한 상호관계를
포함한다. 주고받는 관계가 연결되지 않으면 애초에 탁구라는 운
동은 존재할 수 없다. 그래서 인류의 역사는 핑퐁 속에 담겨 있는
지 모른다. 핑하면 퐁하고, 퐁하려면 핑해야 하는 핑퐁의 역사, 랠
리의 역사, 듀스 포인트의 역사, 주고받음의 역사 말이다.

한강의 섬 역시 set과 reset의 시간을 겪어왔다. 지금 한강에는
여의도, 서래 섬, 밤섬, 노들 섬, 선유도 이렇게 다섯 개의 섬이 있
다. 예전에는 없던 섬이 생기기도 했고, 예전에 있던 섬이 사라지
기도 했다.

하지만 그 시간 속에서 랠리의 중요성은 몇 번이고 잊혔다. 섬

은 인간에 의해 파헤쳐지고 매립되고, 파괴되고 복구되는 set과 reset을 겪어 왔다. 예전에 존재했던 부리도, 무동도, 잠실도는 송파강의 매립으로 인해 사라져 아파트촌이 되었다. '잠실'이라는 이름에서 알 수 있을 만큼 뽕나무가 많았지만, 뽕나무는 수많은 공사를 겪으며 모두 사라졌다. 난초와 지초가 자랐던 난지도는 1977년 제방공사를 통해 쓰레기 매립지가 되었다. 난지도는 지독한 악취를 뿜는 쓰레기 산이 되었다가 2002 한일 월드컵을 앞두고 월드컵 공원으로 재탄생했다. 금호동, 옥수동 아래쪽에 있던 저자도는 꽤 거대한 섬이었지만, 1970년대 압구정동 개발을 위해 토사를 반출하면서 영원히 사라져버렸다. 관계를 주고받는, 랠리의 논리를 잊은 무분별한 set과 reset은 한강을 병들게 했고, 아름다운 경관을 사라지게 했다.

밤섬은 원래 600여 명의 주민이 뽕나무를 키우며 살던 유인도였다. 1968년, 채석을 위해 섬을 폭파하게 되면서 사람들은 떠나고 섬은 사라질 위기에 처했다. 강과 하천이 곡선을 띠고, 유속이 느려지는 곳에는 퇴적물이 쌓여 섬을 만들어내는 것이 자연스러운 일인데, 사람들은 그 관계를 잊고 밤섬의 시간을 reset해버렸다. 1986년, 밤섬에 사람의 출입이 통제되고, 1999년 생태경관보존지역으로 set되면서부터 밤섬에는 매년 철새가 날아들기 시작했다. 섬은 퇴적물을 쌓아가며 점차 면적을 넓혀가고 있다. 핑과 퐁의 자연스러운 흐름을 밤섬은 보여준다.

선유도는 원래 '선유봉'이라는 작은 봉우리 섬이었는데, 일제강

점기 때 암석을 채취하면서 깎여나갔다. 그 후 서울시 수돗물 정수장으로 사용되다가 공원으로 꾸며졌다. 시민공원으로 개장한 뒤 많은 사람들이 선유도를 찾아 산책을 하고 사진을 찍는다. 반포대교와 동작대교 사이에 있는 서래 섬은 한강종합개발을 하면서 조성된 인공 섬이다. 각종 꽃과 식물이 자라고, 낚시를 즐길 수도 있어 찾는 이가 늘고 있다고 한다. 특히 봄철에는 섬 한가득 유채꽃이 만발해 많은 사람들이 서래 섬을 찾는다. 사람들이 섬을 곁에 두려했던 시간 동안 섬은 set과 reset 과정을 겪으며 시달렸음을 기억해야 한다.

316

자본과 이익의 논리 앞에서 탁구의 논리는 잊히곤 한다. 한강섬의 set과 reset에 랠리의 정신이 잊혀서는 안 된다. 개발에 앞서 강과 섬의 관계를 이해해야만 한다. 섬의 운명은 섬을 찾는 우리 모두에게 달려 있다.

탁구 칠래?
— 모아이의 목소리를 들은 것은 그때가 처음이었다.
(중략) 그리고 말없이, 우리는 탁구를 쳤다.
(중략) 그것이 전부였다. 핑. 퐁. 핑. 퐁. 핑. 퐁. 핑. 퐁.
이상하리만치 상쾌한 소리가 났고,
이상하리만치 경쾌한 기분이었다.

— 박민규 「핑퐁」 중에서

검푸른 바탕에 물든 주홍의 하늘. 해가 지고 있었다. 오늘은 유성우가 내리는 날이라 했다. 새카만 하늘에 별똥별들이 떨어지는 모습을 본다면 그녀는 틀림없이 기뻐할 것이었다. 난 매번 그녀에게 해줄 수 있는 것이 없다 느꼈지만, 그녀는 해맑게 웃으며 괜찮다고, 행복하다고 말하곤 했다. 그녀가 정말로 괜찮았는지, 행복했는지 알 수 없었지만, 나는 가끔 그녀가 '안' 괜찮고, '안' 행복할지도 모르겠다는 생각을 했다. 나는 그녀에게 무언가를 주고 싶었다. 무엇이든 주고 싶었다. 유성우가 내린다는 뉴스를 보고 얼마나 기뻐했는지 모른다. 세상 누구도 사줄 수 없는 것을 내가 그녀에게 준다면, 별빛 아래에 우리가 함께 서 있다면, 그녀는 틀림없이 웃을 거라고 나는 생각했다.

해가 지면 그녀가 도착할 시간이 될 것이다. 하늘에 물든 주홍빛만 가시고 나면 된다. 그녀가 올 것이고, 밤이 깊으면 별똥별들이 나타날 것이고, 나는 그녀에게 사랑한다고 속삭여줄 것이다. 그러면 그녀는 어제 저녁 싸우고 헤어졌던 것까지 잊어줄지 모른다. 나를 만나 실컷 심통을 부리겠다는 마음도 잊고, '나도 역시 사랑한다'고 내게 속삭여줄지도 모른다. 춥다. 옷을 제법 많이 입었는데도 바람이 새어들었다. 그녀가 오면 그냥 내려가자고 할까, 하는 생각이 순간 스쳤다. 그녀가 찬바람이 부는 옥상을 싫어할 수도 있다. 하지만 나는 유성우 내리는 밤을 포기할 수 없었다. 시간을 보니 그녀가 도착하기 전에 자취방으로 얼른 돌아가서 그녀에게 걸쳐줄 외투 하나와 무릎담요 하나를 챙겨 올 수 있을 것 같았다. 나는 옥상에서 내려와 자취방으로 뛰어갔다.

해가 지고 있었다. 창밖의 하늘은 여전히 검푸른 바탕에 물든 주홍빛이 울렁인다. 담요를 가지러 들어왔다가 손발만 녹이고 나가야겠다고 생각했던 게 까무룩 잠이 들었던 모양이다. 그녀가 벌써 도착했으면 어쩌나 하는 마음에 걸음이 빨라졌다. 바람은 여전히 찼다. 외투와 담요를 가지러 가길 잘했다는 생각이 들었다. 떨고 있는 그녀의 작은 어깨에 걸쳐주면 그녀는 틀림없이 웃을 것이다. 어쩌면 그때의 온기를 평생 잊지 못할지도 모른다. 그런 생각이 들자 피식 웃음이 났다. 오늘은 유성우가 내리는 밤이라 했다. 옥상에 그녀는 없었다. 그녀가 약속에 늦는 사람이 아니라는 걸 알았기에 나는 조금 초조한 마음으로 그녀를 기다렸다. 어제의 화가 가시지 않아 약속에 나오진 않는 걸까, 하는 생각에 이르는 동안 하늘이 점점 밝아왔다. 해가 뜨고 있었다.

319 검푸른 하늘에 차츰 주홍빛이 영역을 넓혀갔다. 나는 그제야 시간을 확인했고, 내가 지난밤 이불 위에서 잠이 들어 해 뜰 무렵 다시 나온 것이라는 걸 깨달았다. 그녀는 어젯밤 이곳에 왔었을까? 오지 않는 나를 기다리며 찬바람에 그 작은 어깨를 떨지는 않았을까? 그녀는 까만 밤하늘에 떨어지는 별똥별을 보았을까? 그녀는, 괜찮았을까? 어제는 유성우가 내리는 날이라고 했다. 가끔 그녀는 안 괜찮고, 안 행복할지도 모른다. 나는 그녀에게 무언가를 해주어야 했고, 무엇이든 해주어야 했다. 우리는 별빛 아래에서 함께 웃었어야 했다.

영등포구 양화동 : 후

왕따였던 약자, 못과 모아이에게 인류의 운명이
결정지어진 것은 어쩌면 당연한 일이다.
못과 모아이는 함께 탁구를 치고 핑하면 퐁하고 랠리를 주고받는다.
그들은 핑퐁의 세계를, 랠리의 중요성을 아는 약자다.
그들은 파괴적 강자보다 강하다

서울 언덕 친해지기 :

종로구 청운동
윤동주 시인의 언덕
후

후2 : 뒤

이렇다 할 취미도 없고, 딱히 좋아하는 것도 없던 내게 스무 살이 넘어서야 가장 좋아하는 '무엇'이 생겼다. 너무나도 커다랗고 다양한 모습을 가져서, 한마디로 설명할 수도 없었고, 아끼는 물건처럼 보물상자에 담을 수도 없었다. 그것, 바로 서울이었다.

대학에 가기 전까지는 서울에 살아본 적도 없었고, 서울을 몇 번 방문해보지도 못했기 때문에 '서울'은 그 자체로 두려움이자 신비로움이었다. 서울의 풍경이나 느낌과 서울에 사는 사람들에 대한 상상은 차라리 외계에 대한 상상에 가까웠다.

서울에 있는 대학에 다니게 되면서 서울은 일상, 그뿐이었다. 일상에서 문득 '낯설고 싶다'는 욕망에 휩싸였을 때, 나는 서울을 걷기 시작했다. 걷지 못했던 길을 찾아 내 두발로 온전히 걸어보기 위해 부지런히 쏘다녔다. 그때마다 발견했던 보물 상자에 담고 싶은 풍경들. 그 풍경들을 바지런히 카메라 렌즈에 담기 시작했고, 커다랗고 다양한 서울의 모습들을 하나하나 나의 말로 정의하고 싶다는 마음도 함께 자랐다. 마침내 휴학이라는 결정을 내렸다. 좋아하는 것을 이야기할 수 있게 된 나는, 나만의 방식으로 그것들을 모아둘 필요가 있다고 느꼈던 탓이었다.

이런 이야기를 풀어놓다보면 사람들은 되묻는다. '그래서 제일 좋았던 곳은 어딘데? 추천 좀 해줘. 나도 가보게.' 그럴 때마다 이야기해준 서울은, 청운동과 부암동 일대였다. 북악산 자락의 조용한 동네의 기운도 좋았거니와 윤동주 시인의 언덕에 대한 강렬한 인상 때문이었다. 작고 평범한 언덕. 하지만 언덕에서의 모든 순간들이 특별하고 강렬했다. 한겨울 칼바람을 맞으며 언덕의 계단을 오를 때, 언덕에서 서울을 이곳저곳을 내려다보았을 때, 여기저기 적힌 윤동주 시인의 시들을 소리 내어 따라 읽어보았을 때, 성벽의 한 틈으로 부암동의 어느 풍경을 들여다보았을 때……. 그 순간들을 내 것으로 담기 위해 천천히, 아주 천천히 걸었다.

해질 무렵 언덕을 떠났고, 아쉬운 마음에 다음날도, 또 그 다음날도 언덕을 찾았다. 내리 3일을 윤동주 시인의 언덕에 올랐지만 전혀 지겹지 않았다. 갈 때마다 새롭고 경이로웠다. 두 발에 닿는 언덕의 경사가 즐겁고, 두 뺨에 닿는 언덕의 바람이 사랑스러웠다. 부암동과 윤동주 시인의 언덕에 흠뻑 취해 있던 3일간, 사랑하는 사람들의 얼굴을 몇 번이고 떠올렸다. 혼자 걸어도 충분히 행복한 길이었지만, 그렇기에 더욱 사랑하는 사람과 그곳의 풍경과 느낌을 함께 나누고 싶었다. 누군가와 함께 다시 윤동주 시인의 언덕을 찾는다면, 내가 누렸던 순간들은 사랑하는 이에게 내어주고, 난 그저 그의 뒤에서 말없이 걷고 싶다고 생각했다. 그렇게 오래, 걷고 싶다고.

  사람들에게 청운동과 윤동주 시인의 언덕에 대해 다시 이야기하는 순간이 온다면 꼭 이렇게 이야기해줄 것이다. 그게 언제든 사랑하는 사람과 함께 걸어달라고, 그의 발에 맞추어 천천히 걸어달라고.

328

임금은 오래 울었고 깊이 젖었다.
마루 위에서, 서안 앞에 앉은 젊은 사관이 벼루에 먹을 갈며
마당에 쓰러져 우는 임금을 찬찬히 바라보았다.
사관이 붓을 들어 무어라 적기 시작했다.
사관은 울지 않았다. 낮에 비가 그쳤다.

— 김훈 「남한산성」 중에서

해가 지고 있다. 벌써 몇 시간째 이곳에 있었는지 헤아려 보았다. 해가 머리 바로 위로 떠 있던 것으로 미루어 정오 무렵부터 이 자리에 앉아 있었던 것 같다. 그리고 지금 해가 지는 것을 보니 여섯 시간 정도는 꼼짝없이 이 자리에 있었나보다. 아무래도 그녀는 5년 전의 약속을 기억해내지 못한 것 같다. 그 작고 보드라운 손을 잡고 그녀의 귀에 속삭였던 나의 말들을 기억해내지 못한 걸까. 그렇지 않고서야 해가 질 리 없다. 나 홀로 이렇게 해를 등진 풍경의 실루엣을 보고 있을 리 없다. 그녀가 약속을 잊었을 리 없다. 나의 속삭임을, 나의 말을, 나의 목소리를 잊었을 리 없다. 다만 그녀는 기억해내지 못했을 뿐이다. 다른 것들을 생각하기에 바빠 잠시 덮어둔 것일지 모른다. 해 질 녘 풍경을 바라보다 문득 그날의 약속을 떠올리곤 이곳을 향해 뛰어 올지도 모른다. 그녀가 나와 우리의 시간을 잊었을 리 없으므로 나는 계속해서 이 자리에 앉아 있어야 한다. 5년 전 우리가 함께 걷던 이 길에, 사랑을 이야기하던 이 풍경에, 5년 후 이날 다시 함께 오자고 약속했던 이 의자에 나는 머물러야만 한다. 내가 지쳐 집으로 돌아간다면 틀림없이 그녀는 내가 떠나고 5분 뒤쯤에야 헐떡이며 이 언덕을 오를 것이다. 나는 떠나서는 안 된다.

해가 지고 있다. 몇 시간째 이곳에 앉아 5년 전의 그녀를 떠올렸다. 그녀는 이곳을 좋아했다. 부암동. 그녀는 연분홍의 입술을 꿈틀거려 발음했다. 나와 꼭 같이 가고 싶은 곳이라며 이야기했다. 오랜 시간 그녀에 대해 생각하는 동안 나는 그녀가 이곳을 좋아했다기보다는 이곳으로 오는 길목을 좋아했음을 기억해냈다. 그녀는 경복궁역 근처에서 버스를 타고 부암동 주민 센터까지 이르는 동안의 풍경을 좋아했다. 꼭 같이 가고 싶다고 말하지 않고, 내게 꼭 보여주고 싶은 풍경이 있다고 말했던 것 또한 기억해냈다. 그래, 이렇듯 5년 전의 기억은 흐릿해질 수밖에 없다. 그러나 잊으려하지 않았다면, 그것들은 어느 순간엔가는 선명하고 뚜렷하게 기억 속에서 떠오를 수밖에 없다. 문득, 말이다.

오늘 아침, 눈을 뜨자마자 기억해냈다. 5년 전 오늘이 그녀와 내가 아직은 찬 봄바람을 맞으며 윤동주 시인의 언덕에 올랐던 날이었음을. 오늘이 5년 전 우리가 그 언덕에 올라 주변 풍경을 바라보며 5년 뒤에 함께 오자고 약속했던 바로 그날임을. 문득 기억해냈을 뿐이다. 해는 지고 있다. 어쩌면 그녀는 오지 않을지도 모른다. 오늘이 아닌 다른 어느 날에 문득 5년 전의 그 약속을 기억해낼 수도 있기 때문이다. 우리가 그토록 사랑했던 5년 전의 시간이 정말로 존재했다면 그녀는 절대 잊으려하지 않았을 것이다. 그것은 다만 다른 기억들 틈에 끼어 앞으로 불쑥 튀어나올 기회를 잡지 못했을 뿐이다. 어느 날엔가 그녀는 그 약속을 기억해내고 지금의 나처럼 홀로 이 자리에 앉아 해지는 풍경을 바라볼지 모른다. 해는 지고 있고, 하나 둘 빗방울이 떨어진다. 집에서 나오는 길에 챙겨온 우산을 편다. 오른 손으로 우산을 들고 가만히 숨을 들이쉰다. 나무의자 위로 우산을 쓴 부분만 동그랗게 마른 나무가 떠오른다.

종로구 청운동 : 후

임금 뒤에는 백성이 있다.
춥고 배고픈, 지켜주어야 할 백성이 있다.
임금이 사랑한 백성이 있다. 임금은 깊이 울었다.
임금은 삼전도에서 머리를 찧었다.
소중한 것은 백성에게 내어주고, 백성 걸음에 따라 천천히 걸었다.
그 겨울, 백성 뒤에 임금이 있었다.

종로구 이화동

은평구 불광동

중구 필동

서대문구 홍제동

동작구 노량진동

서대문구 연희동

마포구 상수동

영등포구 당산동

광진구 능동

종로구 사직동

용산구 용산동

강남구 역삼1동

종로구 가회동

마포구 당인동

종로구 세종로

중구 명동

동대문구 제기동

종로구 혜화동

서초구 양재동

노원구 공릉동

종로구 통인동

마포구 창전동

송파구 방이동

서초구 반포4동

종로구 인사동

성북구 성북동

성동구 옥수동

강남구 삼성동

영등포구 양화동

종로구 청운동

영등포구 문래동

영등포구 영등포동

영등포구 여의도동

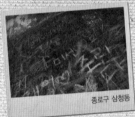
종로구 삼청동

서대문구 연희동

성동구 성수동

휴학을 해서라도 꼭 내 발로 걸어보고, 내 눈으로 보고 싶었습니다. 그렇게 걷고 또 걸어서 눈에 담은 서울이 이 책 속에 있습니다. 부족하지만 직접 쓰고 찍은 글과 사진으로 한 권의 책을 엮었습니다. 소설가 박민규의 한 구절을 빌리자면, 저로서는 너무나 길고 충만한 삶을 살고 있었기에 당장 지구가 멸망한다 해도 무엇 하나 아쉬울 게 없는 계절들이었습니다.

작은 것들에 발걸음을 멈추고 기다려줄 수 있는 사람이 되기 위해, 오늘도 또 서울을 걷습니다. 책 한 권에 담아두기에 몹시도 많은 풍경과 이야기들이 아직도 많습니다.

더 the/more 서울

© 김민채 2012

초판 1쇄 인쇄	2012년 6월 21일
초판 1쇄 발행	2012년 6월 25일

지은이	김민채
펴낸이, 편집인	윤동희
편집	박은희
디자인	이보람
마케팅	한민아 정진아
온라인 마케팅	이상혁 장선아
제작	안정숙 서동관 임현식
제작처	영신사

펴낸곳	(주)북노마드
출판등록	2011년 12월 28일 제406-2011-000152호

주소	413-756 경기도 파주시 문발동 파주출판도시 513-7
문의	031.955.2695(마케팅) 031.955.2646(편집) 031.955.8855(팩스)
전자우편	booknomad@naver.com
트위터	@booknomadbooks
페이스북	www.facebook.com/booknomad

ISBN	978-89-97835-02-7 03810